白い境界線

Ｍｉｔｕ 著
溝口いくえ 編

文芸社

目次

第1章　運命の出会い

大川のぞみ、20歳。千葉県の短大を卒業しそのまま印刷会社に就職した。

初めて会社を訪れた日の事。千葉県市川市にあるこぢんまりとした、二階建てのビルは自社ビルといったところであろうか。『(株)花岡印刷』と書かれてある。入口には色とりどりの花が飾られ、開業当初を思わせるようでもあった。

受付には、20歳くらいのキュートな女性が座っている。

「ようこそ、花岡印刷へ。大川のぞみ様ですね。お待ちしておりました」

女性は終始笑顔で、深々とお辞儀をし、

「人事担当の者が間もなく参りますので、こちらの席でお待ちください」

と、丁寧な口調で言うとお茶を出してきた。

まだ出来て間もないような新しい建物に見えた。そして、お茶を飲み始め一息ついた頃、担当と思われる男性がやってきた。

「コンコン」

「失礼します。担当の白川裕哉《ゆうや》と申します。花岡印刷で部長をやっています。よろしくお願いします」

丁寧な口調で名刺を渡してきた。

「弊社はＢｔｏＢのビジネスによる商業印刷や、チラシ、名刺専門のネットプリントを扱った中小企業になります。まだ出来て二年目の会社で、主に20代～30代の若手が活躍しております。是非、一緒に働きませんか？　やる気があれば即採用です。その日からお仕事も可能です」

「そうなんですね！」

のぞみは三月で短大を卒業する。まだ、どこの会社の内定も得られていなかった。

「今、Ｋ短期大学に通っていて、卒業してからでもよろしいでしょうか？」

「あっそうでしたね。では、その時お待ちしていますね」

四月になり、晴れてのぞみは花岡印刷の社員になり、営業企画部へと配属された。

そして、白川と再会した。

「今日から改めてよろしくお願いします。うちの会社は、営業企画部、デザイン校正部で成っており、それと別に自社の工場があって、そこで印刷部と製本や加工をする部署に分かれています。俺は人事をやりつつ、社内のホームページ制作と管理、システムも一から作っています。ほら、この名刺、俺が作ったんだ」

白川はインテリなのかと思いきや、くだけた話し方を急にしてくる。フレンドリーかつさわやかな好青年といった感じであった。

「へえー、これ白川さんが作ったんですか！　すごくおシャレですね。それに白川さんて少女マンガから飛び出してきたようなイケメンですね。女子からモテそう……」

のぞみは思った事をつい口走る。あまり相手の気持ちを考えずに気の趣くままといった性格だ。

「えへへ。なんか、のぞみちゃんて話しやすいなぁ～」

「白川さんはどちらの学校を出られたのですか？」

「俺はN大学出身だよぉ～。経済学部」

N大学と言えば、一流大学であった。

白川は24歳の若さで花岡印刷の部長を任され、ITをはじめ雑務をこなしていた。

「じゃあ、今後の流れやお仕事内容についてね。ざっとPDFファイルにまとめたからさ。のぞみちゃん専用のメアドも作ったから、今送るねー」

「ほ～感心。顔は高校生に見えるのにね。その細長い指先で。パソコン、やり手なんですね」

のぞみは、白川を気に入った様子もあった。

白川は相手を立てて話したり、耳を傾けたりする事に気兼ねしないため、そういうのぞみの対応も受け入れていた。白川は、老若男女を問わず、相手の面倒を見るのが好きなようにも見受けられた。

「分からない事とかさ、何かあったら何でも言ってね。ライン交換しとこうか」

初日はまず、白川とのコミュニケーションがメインに感じた。そして、仕事内容の説明が書かれたＰＤＦファイルに目を通すだけで定刻が過ぎてしまった。

『本日はありがとうございました。これからよろしくお願いします☆』

『お疲れ様です。ＯＫです！　一緒に頑張りましょうね』

絵文字や顔文字も使い、フレンドリーさが伝わり安心できた。

ずいぶん感じのいい会社だな。そう思い始めたのぞみは自宅に帰ると、早速パソコンを開き、予習のため業務内容に目を通していた。

『――花岡印刷の営業企画部は、お客様からの依頼に基づきデザインや構成を決めていく事を主に行なっています。そして、デザイン校正部との橋渡し役もしっかり行なっていただき、双方にズレがないようにしていきます。また、部署内容にかかわらず印刷物や書類チェックを行なっていただいたり、パソコンによる事務処理もあります――』

（なるほどねー）

のぞみは、営業企画部と同時に徹底したパソコンによる顧客管理の事務処理も任されていた。のぞみはパソコン検定三級の資格を持つ。

「よっしゃー燃えてきたぞー。明日は港区の企業様巡りになりそう!」


次の日出社をして、営業企画部の人達と顔合わせをした。

どの社員も、若い人ばかりである。服装は人それぞれだが、私服の社員ばかりだ。

「初めまして、浜田です。新卒で入りましたぁ。今じゃ営業成績トップ入りです。ほら、そこにある表」

「ええ! すごいですね~。私も頑張りたいなぁ~」

営業企画部とは、お客様からどういう印刷物にしたいのか……例えば表紙はビニールでコーティングされているか、紙質は上質にするかリサイクル紙にするか、色、ページはどうするかなどといった形で、お客様の予算に合わせて提案して決めていく部署である。一から顧客を開拓した場合、社内からは高評価を得るのであった。

それからデザイン校正部。こちらにはデザイナーやライターなどが企画した案をもとにデザインやキャッチコピーを作り、具体的な形に仕上げている。文字の大きさ、配列、どのような装飾にしていくかなどを決めている。

おシャレな女のコがいた。

「私はサラと言います。モデルのお仕事をしています。これは私の描いたデザインよ」

「すご～い。こんなに数々の賞を獲るなんて美的センスすごいんですねー」

のぞみのやる気はますます燃え上がってきた。

そして、先輩と一緒に港区にある初めてのお客様の所へ行き、企画案を見事に成立させてきた。

そんな感じで、のぞみの仕事の幕が開けたのであった。そして逐一、白川に報告も欠かさなかった。

白川は聞き上手で、話すタイプののぞみには、自身を受け入れる姿勢が心地良かった。そして、

「白川さん、私意外とこの仕事向いてるかもです」

そう伝えるようになっていった。


のぞみは市川市のワンルームのアパートに住んでいた。趣味は読書とＦＸだった。読書と言っても、『○○の仕方』『○○が良くなる』などの流行りの自己啓発本を読み漁ったり、パソコンの前では株での金儲けに走ったりしていた。

のぞみがそんなふうになったきっかけは、短大時代、株にはまっているクラスメイトがいて一緒に買った事にあった。その銘柄がたまたまヒットしたからか、あれから秘かにお

金を稼ぐ欲にとらわれ、コツコツと貯めていた。

金額は、大金というよりはＯＬのコツコツ貯金ほどのものだった。

20代前半と言えば、恋愛におしゃれに夢中な年頃と言ったところだが、のぞみは休みの日は家で録りためたテレビ番組を鑑賞したり読書をしながら、株やＦＸでの必勝法を模索したり、セミナーに参加する日もあった。

のぞみには尊敬する女性投資家がおり、その女性のセミナーには全国どこでも駆け付けるほどのおタクぶりであった。

「村松翔子先生！　毎回銘柄のチョイスすげ〜！」

のぞみが、村松の大ファンである事は一部投資家の間でも知られており、都内の会員制の高級会食パーティーに参加した事もあった。そんな感じで、のぞみは幅広い投資家との交流があった。


入社の翌週に出社した日の事だった。白川が親しく話す女性がいた。どうやらあの受付の女性と一緒に出社してきたようだった。

「のぞみちゃん、おはよう！」

「おはようございます」

「受付の中川香ちゃんだよ。のぞみちゃんとタメだと思う。さっき、途中で会ったから一緒に出社したんだよ」

「かおりでーす。ヨロシクね！」

香はデビュー当時の中川翔子のようなキュートな雰囲気を持ち、社内ではアイドル的な存在であった。

のぞみから見てその姿は、白川とお似合いのように思えた。

「あ、白川さんとは付き合ってないですよ。アタシ、付き合い長い彼氏いるんで」

なぜ、白川の話を振ってきたのか分からないが、香は天然なだけで仕事も真面目で、のぞみに対して親しみを持っている事も伝わってきた。彼女は電話受付や事務処理もしていた。

「香さん、私と同い年なんですね。よろしくね」

「うん、よろしくー」

アニメ声で舌足らずな話し方が鼻についた。しかし、悪気もないのだから、気にしないようにしようとのぞみは思った。

同性に対して、どう距離をとっていいか分からないのぞみ。うかつにも機嫌を損ねるような発言でもしてしまえば冷戦をまぬがれない。そうなったらよほどの忍耐が必要になる。

まだ香がどんな子なのか分からないため、のぞみは無難に挨拶するだけにしておいた。

でも、白川がのぞみに香を紹介した理由は仕事がらみだけではなかった。

白川は大学時代、女に困る事がなかったくらいモテモテで、フットワークも軽かったため、サークルのように男女学年を問わず、仲良しグループをよく作っていた。その名残なのか、社内でも白川グループを着々と作っていた。噂では、その中でも香がお気に入りのようだ。とはいえ、香には別に彼氏がいる様子だし、二人が付き合っているという事はなさそうだった。

その日のぞみは白川と取引先に行く事になった。普段内勤の白川が取引先に行く事は滅多にない機会だった。以前、白川の提案したデザインを大変気に入った大手企業が、追加でデザインを依頼してきたのであった。

「お世話になっております。花岡印刷の白川と申します」

白川はいつもスーツだ。この日はシャレた紫色のネクタイをしていた。松坂桃李を高校生にしたような美形で可愛らしい風貌に、完璧に計算されたかのようなボディライン。そしてビジネススーツを、真面目でおシャレに着こなしている。

そんな白川は、話術の天才でもあった。自分から多くを語らずとも相手の話や感情に耳を傾けられるため、相手をどんどん共感させられた。

「白川くん、いつもご苦労さま。君のデザインが大ヒットして利益が急上昇しているよ。次回も是非お願いいね」

「承知しました。お任せください」

「そう言えば初めて見るけど、新人さんかな？」

「はい、新人の大川のぞみと申します」

「そうなんだね。二人とも中へどうぞ」

この日は、のぞみもスーツだった。

「今回はデザイン案を十パターンご用意しました。いかがでしょうか？」

取引先がデザインを見ているとのぞみが提案してきた。

「あの…私はこの商品を流行らせるためには、こういった方向性がより一層強みを増してくれるものだと思います」

「君、面白いねえ。白川くんと良きコンビでもあるなあ。よし、ではこのパターンを採用しよう。次来てもらう時にも二人で来てくれないか」

取引先の担当者からは、白川とのぞみのコンビが息がピッタリに見えたのか、商談は以前にも増して大成功のようだった。


その帰り道、白川の運転する車に乗りながら、二人はさまざまな会話を楽しんだ。

「のぞみちゃん、今日の商談は大成功だったね！　仕事どんどん覚えるし、のぞみちゃん仕事できてすごいよ。俺、尊敬してる！」

そんな話から、白川の学生時代の部活の話、実家で飼っていたペットの話、きょうだいの話など世間話に花を咲かせた。

「なんか二人っきりになると俺、ドキドキしちゃうな。のぞみちゃんといる時間は特別に感じるし、仕事もうまくいく。こんなに自分の事話せたのいつ以来だろう」

「私も、白川さんといると楽しいわ。私で良ければいつでも頼って」

「うん」

白川は、人の長所を伸ばす才能があったが、個人的にのぞみの事を気に入っていたため、思いを打ち明けられたかのようにも思えた。

のぞみは初めての就職先が順調に行っていたからか、ここで働く事に何も不安を抱かずどんどん仕事を覚えようと意欲的になっていた。


「白川くんか……」

自宅のパソコンの前で株に向き合いながらも、白川の存在を意識し始めるようになっていくのぞみ。

(車の中で、いっぱい話したな。友達も多そうなのに……。本音を打ち明けられる人はいないのかな。もしかして、その相手が私なのかな……)

のぞみは、車内の会話を機にどんどん白川に惹かれるようになっていくのであった。

また職場でも、白川の姿を無意識に追うようになり、白川からも積極的に話しかけられるようにもなり、二人の仲が急激に深まっているようにのぞみは感じていて、どこかで期待をふくらませていた。


「お疲れ～今日さ、部署のメンバーで飲みに行かない？」

白川がリーダーシップを取り、二十人弱が集まり、飲み会を行なった。店は予約してあり貸し切りであった。

「花岡印刷はますます営業成績、売上実績を上げてきています。これも俺を慕ってくれるみんなのお陰だよ。さあ、今日も盛り上がろう！」

「おお～！　カンパーイ！」

そんな感じで大量のお酒と豪華な食事。のぞみは、自分は白川のお気に入りという自覚を持ってしまっているため、白川の隣にべったり座っていた。その位置を、もはや図々しいだとか違和感があるとは思わなくなり、むしろ当たり前だと思うようになっていた。

白川はかなり酔っているようだった。

「ねえ、のぞみちゃんて可愛いよね～。２ショット撮りたいなあ」

同僚が携帯で２ショットを撮る。

「はい、チーズ！」

その瞬間だった。白川は、のぞみの肩に手を回して自分の方にぐっと引き寄せてきた。

「大好きだ、のぞみ」

耳元でそう囁いてきた。のぞみは、みんなにそう言っているのか、そういう酒癖なのか、やっぱりこうきたかと思ったが、酔っているせいか違和感なく受け入れたのであった。

そして、のぞみは白川と一緒に帰る事になった。白川がのぞみから離れなくなった。そこでタクシーを呼び、自分の家に向かった。明日は休日だし、まっ、いっかくらいに。

タクシーに乗るやいなや、白川はのぞみに抱き付き、べったりとキスしてきた。ディープキスは、唇と唇をぴったりとくっつけ、何が何でも離れないようにしている。白川は、のぞみとずっといたいようだった。のぞみも期待通りの展開になり、とても嬉しく思ったが、それ以上にドキドキしていた。そして家に着いた。

白川は今までひどく酔っていたふうにしか見えなかったが、部屋に入るや、改めてのぞみにディープキスをし、その流れでのぞみの服を脱がし、二人は至福の時を過ごした。

「株やってるの？」

のぞみの部屋に置いてある本を見て、白川が関心ありげに聞いてきた。

酔いもだんだん醒めてきたからか、白川は普通に話すようになった。

「ＦＸもやってる」

「俺さ、実は大学時代から株とか投資関係にめちゃ興味あってやってるんだけど、全然儲からなくてさー。誰か成功してる人に教えてもらいたいと思ってたんだ」

「私で良ければ」

「本当!?　嬉しいよ、のぞみ」

それから二人は交際するようになり、休日は必ず会うようになった。しかし順調だった交際も、付き合い始めて三カ月ほどすると白川の様子が変わってきた。

「のぞみ、株の資金俺に分けてくれないか。またはずれちゃったよ。のぞみだけが頼りだよ」

のぞみは金目当てかと思った。

だが、それでもいいとさえ思えた。白川といると楽しいし、一緒にいられる時間はとても幸せだし、独り占めできるのだから。

そして燃えるような激しいセックスをし、のぞみの心は、ますます白川に釘付けとなっていった。

「ゆうやのためなら、いくらでも大丈夫よ」

しかしこの時すでに、白川はのぞみの事は単なる「金づる」「性欲の捌け口」としか思っていなかった。

それでも二人の関係は三年続いたのだ。

入社して三年目を迎えた頃だった。中間管理職を任されている白川には経営難の重圧がのしかかるようになっていった。そんな白川を気遣うかのように、副社長は新会社を設立し、白川は責任者を任され、現場から急にいなくなったのである。のぞみは白川から全く聞いていなかった。

のぞみは、白川に身も心もお金もつぎ込み、ついには家賃を支払う事すらできない状態になっていた。一方の白川は株で損してばかりであった。それだけでなく、新しい彼女を作っていたのだ。

白川に代わって、他社からヘッドハンティングされた黒田哲雄という男が部長に就任した。白川と違い、中年で前の会社で失敗した雰囲気が漂い、自己管理もできていないかのようなたるんだお腹、加齢臭。

「大川のぞみと申します。よろしくお願いいたします」

「クンクン、なんか田舎くさいねぇ〜君。まぁどうでもいいけど。今日はこの資料をまとめといて」

いくつかに分かれていた部署は、いつの間にか一つに統合されて、社員も減っていた。

(資料って言ったって、これしかないの?)

黒田は自分の気に入らない取引先をどんどん切っているようであった。

あまりに理不尽な環境変化に納得できないのぞみは、最近連絡もなく疎遠になっていた白川に、その夜連絡を入れた。最近ラインの返事も既読にならない事も多かったが、この日は何度も何度もしつこく電話に出るまで鳴らし続けた。

白川はやっと電話に出た。

「あの、私……」

「あのさぁ～もう連絡してこないでくれる？　俺忙しいんだよ。今、彼女隣にいるしさ」

「ねえ、誰なの？　ゆうたん」

若い女性の甘ったるい声が、白川の電話口から聞こえてきた。

「仕事の相談をしたいんだけど」

「のぞみさん、自分で考えてね。あとさぁ、前から思ってたんだけど、のぞみさんてすごくブスだよね。それじゃあ彼氏できないでしょ、お疲れさん」

「え、あなたが彼氏でしょ？」

「何言ってんの？　お前はただの金ヅルだよ」

「ゆうたん、もう電話切りなよぉー、その女ストーカーなのぉ？」

そうこうしているうちにガチャ切りされ、着信拒否された。

元々女癖の悪い白川は、合コンで新しい彼女を見つけていた。

――白川という男は最低なヤツだ。

追い打ちはさらに続いた。白川のせいで家賃が支払えなくなり、アパートを引き払い会社の寮に住んでいたが、そこからも強制的に追い出そうと手配されていた。それも汚いやり方で。黒田はのぞみに会社を辞めさせるための口実を作り上げてきたのだ。

「大川さん、香さんがあなたの事迷惑だって言ってるし、他にもあなたが住んでから定期的に苦情が入ってるんだけど」

のぞみは、突然身に覚えのない事を黒田から言われ、驚いていると、黒田はさらに追い打ちをかけるように言った。

「何度も苦情が出ると迷惑なんだよ。これからは寮でなく自分で住むとこ借りてくれないかな」

「え、あの……」

「今日中に荷物まとめといて」

のぞみは寮を出る事を余儀なくされた。部屋に帰るとキャリーバッグに私物を入れ寮を出た。

新しい部長の黒田は人のあげ足ばかりとる。女性社員にはたびたびセクハラやパワハラ、暴言を吐き、気に入らない人間はすぐクビにしていた。最低な人間で、不快極まりない男であった。にもかかわらず、社長の前ではネコを被り、仕事の責任者を任されていた。

（なんだか納得いかない）

白川のせいでお金もなくなり、すぐに部屋を借りる事もできなくなっていた。

（私の人生って最悪……）

白川といい黒田といい、とんでもない上司に出くわしてしまったと思った。入社して四年目の春を迎えた頃の出来事だった。


給料の未払いやカットもあり、寮にも住めなくなってしまったのぞみは公園で過ごしていた。夜になれば、ファミレスに入って一夜を過ごす事も多々あった。

（どうしよう。いきなり部屋を借りようとしたって無理だし）

のぞみは白川を責めた。あの時、白川に金と心をつぎ込まなければ……。

（私、馬鹿だったのかな……。寒いし、どうしよう）

体は冷えきり、落ち着いて眠る事もできなくなっていった。

もう、どうしようもなくなり、深夜の公園で泣いていた。

その時、髪の毛を金髪に染めて赤や青のジャージを着た、いかにも悪そうな三人組の少女達が、周りの迷惑など自分達には関係ないとでも言うように、大きな声で雑談をしながら入ってきた。

「それでさぁ、あの女生意気だったから、バリカンかけて丸坊主にして出家しろって言って、次の日会っても髪が長いまんまだから、何で坊主にしてねんだよって言ったら、いきなりカツラを外して、『ちゃんとしてきました』って、その下が丸坊主になってんの。マジウケたからー」

「ギャハハハハハーマジそれ最高ー」

(やだ、ちょーガラ悪い。それに私からまれて、なけなしの所持金取られたりしたらどうしよう。もー、こんな時にホント私って、何でこんなにツイてないんだろ)

のぞみがさらに不安になっていたところ、案の定三人組の少女の内の一人がこっちに向かってきた。

「おいブス！　テメー一人でここで何やってんだよ。あっ、もしかしてホームレスか！」

どっと笑いが起こった。

「なっ何よ、私がここで何してても、あなたに関係な……」

「コラ、テメー誰に言ってんだよ。生意気なんだよ」

「な、生意気って、ワ、ワタシより、あなた達、と、とし下で、ワタシはこれでも成人して……」

のぞみは怯えながらも反論していたが、余計に少女達を怒らせてしまった。

「うるせー、関係ねんだよ、ブス！」

と言ったと同時に、一人の少女がのぞみの足を蹴とばした。

「な、何するの、やめてよ！」

「うるせー、何ホームレスの分際で人間の言葉喋ってんだよ。グダグダ言ってないで早くサイフ出せよ、ブス！」

「そうだよ、聞こえたかクソブス、早く出せよ」

少女達は一斉に罵声を浴びせ始めた。

男から捨てられ、給料までまともに支払ってもらえない上に、少女達からなけなしの所持金まで取られそうになって、私はどこまで不幸なのだろうとのぞみは思いながらも、今この場をどう切り抜ければよいかを考えようとしたが、そういう余裕すらなく、ただただ恐怖に怯えるしかなかった。

そんな時、うるさいバイク音がどこからともなく近づいてきたかと思うと、公園の周りをアクセルを吹かしながら旋回し始めた。その女はこの辺でたびたび見かけるバイクに乗った金髪女。しかし、今はそれどころではない。

だが、バイクの音が止むと、その金髪女が公園に入ってきた。真っ黒なサングラスをかけていて、フレームにはシャネルのロゴが存在感を際立たせている。この女、少女には見えないが、とてもガラが良いとは言えず、のぞみはさらに窮地に立たされた。

「アンタ達、この子に何してんだよ」

金髪女は少女達に対面した途端、ものすごい気迫で怒鳴りつけた。

「なっ何よ、アンタに関係ないだろ」

「それが関係あるんだよ。この子はアタシの友達だから。それにアンタ達、ちょっと生意気だよ！　えっ、行儀教えてやろうか、このクソガキが！」

金髪女の気迫に、少女達は完全に腰が引けていた。

「もういいわよ、みんな行こ！」

あっさりと少女達は引き上げていった。金髪女はのぞみに近づいてくるやサングラスを外した。

「アンタ、こんな夜遅くに」

（うわっ、超美人。美人だけどボーイッシュというか、同性の私から見ても、妬む気持ちが湧かない。なぜだろう）

夜ではっきり分からなかったが、よく見ると肌がすごく白くて、アイラインをガッツリ引いているものの、とてもキレイな顔立ちだった。

「アンタ、名前は？　私は河中ヒカリ。ヒカリだよ」

「私は、大川のぞみ……のぞみです」

いきなり気安く何!?　と思いつつも、金髪女のペースに呑まれていく。

「それにしてもアンタのその可哀想な雰囲気、何？　ホームレス？」

「ずいぶん失礼ですね。でも助けてくれた事は感謝するわ」

のぞみは今まで溜まっていた感情も相まって、つい泣いてしまった。

「毒舌でごめんよ。この性分は昔っからなの。そう言えばアンタがいつもこの公園に来てたの、見てたよ。今日は見かねて声かけたの、心配で。寒いだろ？」

「うん、とても寒い。彼氏だと思っていた人には騙され、裏切られて。職場からは酷過ぎる扱い、仕事も干され給料カット。おまけに寮も追い出されて住む所もない」

「ハクション!!」のぞみはクシャミをした。

「アンタ住むとこないってまさか野宿でもする気？」

「彼氏だと思っていた男に騙されて貯金も全て使われてしまって」

再びのぞみの目から涙がこぼれ落ちる。

「だとしても、こんなとこにずっといるわけにもいかないでしょ。なんなら近所にある個室タイプのネカフェに案内してやろうか？　キレイな店だよ。店員のあいそもいいしさ」

だが下を向いてしまうのぞみ。

ヒカリは直感した。きっとこの子そんな小銭を使う余裕すらないのだと。

「なぁ、だったらうちに住まないか？　家具は一通り揃ってるしさ。テレビ性能いいよ」

ビックリして顔を上げるのぞみ。まさかこんな事、初対面で言ってくれるなんて、なんて親切なんだろうと感激してしまう。

「ありがと。でも、いきなり甘えるわけにもいかないもん」

「いいよ、気にすんな！　実はアタシもルームシェアメイト探してたんだ。使ってない部屋一つあるしさ。けどワリカンだよ」

「うん。でもいいの？　それが私で」

「ところでアンタ、歳いくつ？」

「24だよ」

「へぇ～偶然。うちらタメだね！」

ヒカリはやたらとのぞみに好意的だった。

美人でアネゴ肌で、ファッションも派手だった。きっと男にモテるに違いないし、友達もきっと自分とは無縁の世界にいる人達ばかりなのだろう……。そんな妄想をのぞみはたぎらせていた。

のぞみの容姿は至って地味だ。メイクをしていないわけではないものの、美人という部類とは程遠い。服装も黒やグレー系の安物の無難なコーディネートだった。

なぜか、どん底の状況に陥っているにもかかわらず、のぞみの心はわくわくした気持ちであった。

「私の家すぐそこ。ほら、公園の向かい側」

この辺りは、確かにアパートだらけだ。その中にヒカリの住むアパートはあった。

「パッションM西船橋」

変わった名前で外観も赤に近いピンク色に塗られている建物だった。

中に入ると、リビングに大きなテレビが備え付けられ、加藤ミリヤのミュージックビデオが流れていた。

「部屋が二つあるからさ。私はこっちで、あんたはそっちの空いてる方、自由に使ってね。リビングには、ほら、でっかいテレビあって、ソファーもいいでしょ」

のぞみは心の中で感謝した。しばらくここに住みながら会社は頑張って続けよう。また新しい気持ちで。そういう空気になれば流れが変わるかもしれないと、前向きに考えるようになった。

ヒカリは、必然的に来る毎日を漠然と過ごしていた。自分の思いは届かない。世の中にぶつけたところで、弾き飛ばされるだけ。

だから、いつも心に閉じ込めていた。子どもの頃から、両親にも、兄弟にも、友人にも、恋人にも、誰にも言えなかった。

だから、いつも本心を隠し心にフタをしていた。自分をひたすら偽り、走り続けていた。

そんな自分に満たされずにいた。

人一倍繊細なヒカリは、子どもの頃から納得いかない大人の世界に気付いて生きていた。小学生の頃から、家にはまともに帰らず、万引きや恐喝をしたり、化粧をして歳を偽ったりして、たびたび補導をされた事もあった。

ヒカリは一人になると、遠くばかりを眺めていた。

まだ希望を捨てたワケじゃないけど、持ってたってしょうがない。とても心が痛む。だから非行に走るんだ。

いつまで続くんだろうね。こんな息苦しい世界。

心をごまかしても、ごまかしても、まだ私の偽りは深い。だからそのままで、私は強気で進むんだ。

ねぇ、それでも、本当は……ムリかな?

第２章　過去の傷

ヒカリは幼い頃から力も負けん気も強く、弟の拓也がいじめられている姿を見つけると助けに入った。

「うぇ〜ん」

「どうしたの？　拓也」

「あのお兄ちゃんがね、ボクの事叩いてね、それでね」

「ちょっとアンタ、何で私の弟いじめてんのよ」

と怒鳴りつけた時には、「パシーン」という大きな音と共に、小学校五年生の藤沢という男子は、ヒカリから強烈なビンタを受けていた。

藤沢はヒカリの気迫に恐れをなして、アッという間に逃げていった。

当時小学校六年生だったヒカリは、圧倒的な気の強さでとても手が早く、男女関係なくケンカをする事から、地元では有名だった。

そんなヒカリを慕う仲の良い同級生や後輩などもいて、河中軍団と言われていた。

近所の同級生からは「ヒカリには気をつけろ」と口を揃えて言われるほど恐れられていて、ヒカリと目が合っただけで因縁をつけられ、髪を掴まれビンタを食らった女子もいれば、逃げ回る男子を追いかけている場面をしばしば見かけたという者までいて、ヒカリ＝恐い、悪という印象を抱いている者も少なくなかった。

そんなヒカリでも、道路で羽がもげて苦しんでいる鳥を見かけた時は手当てをしたり、捨てられた子ネコなどを見かけると放ってはおけず家に連れて帰り、結局両親に飼う事を許されず泣きながら大ゲンカをするなど、優しくて思いやりのある一面もあった。

小学校一年生の拓也は、強くて優しい姉のヒカリが自慢だった。

当時、ヒカリが進学する事になる地元の中学校はとても荒れていて、男子、女子共に開校以来最悪と言われるほど、不良だらけの学校だった。

時には原付バイクが廊下を走り、生徒が車を無免許で運転して登校するなどと言う噂を聞く事もあった。

河中軍団はいくら有名とはいえ、小学生のグループだ。だが、ヒカリが進学する中学校には二年生の荒井あすか率いる荒井軍団と呼ばれる、とても恐れられているスケ番グループが存在していた。新入生のツッパっている子が化粧などしていようものなら、すぐにヤキを入れられたり、髪をハサミで切られたり、その噂は、新入生をとことん恐怖におとしいれていたのである。そして荒井軍団と関係が深い、舞姫という地元では一番の武闘派で有名なレディースがあった。

荒井軍団の一部は、すでに舞姫の一員であり、荒井あすかはいずれ舞姫の総長になると期待されていた人物である。

河中ヒカリがこの連中に目を付けられていないはずはなかった。

小学生の頃から名前が売れていたヒカリの事は、当然中学生の耳にも入っていた。しかも加藤ミリヤ似の美人となれば尚更だ。

ヒカリが中学生となり、登校初日早々、三年生の荒井は一年後輩のまりなと一緒にヒカリの元へと向かった。

「河中ぁ、あんた、今日からウチらのグループに入んな！」

しかし、元々気が強く、人から強制される事が嫌いなヒカリは反発した。

「ハイ！　何でですか？」

「ハイ何でですかじゃねーよ。分かりましただろ」

と、後輩のまりながヒカリに詰め寄る。

荒井は「まっいいわ。また来るから」とその時は意外にもあっさりと引き上げていったので、ヒカリ自身少し呆気に取られていた。

数日経った頃、荒井から再び声をかけられた。

「どう河中、学校には慣れてきた？」

意外にも噂とは違い、荒井は後輩や人に優しい面があるのかと、この時ヒカリは感じた。ボスというのは、みんなそういう一面があるのかもしれない。

この時ヒカリは一度断ったものの、荒井あすかの魅力に惹かれてグループに入っていた。荒井軍団は先輩の言う事は絶対という掟だった。

しかし、まりなはとことん力で支配するタイプで、たびたびヒカリはまりなに絡まれた。何も悪くないのに、「生意気なんだ」と因縁をつけられ、殴られる事もあった。

だがヒカリ自身、決してまりなの事が怖いとは思っていなかった。掟を守っていたに過ぎなかった。だけど、掟などどうでもいいと思うくらい、キレそうになった事もあった。

荒井は良かったが、まりなとの関係にはうんざりしていた。

そう考えると学校に行くのも嫌になり、サボるようになっていった。しかし教育に厳しかった父が、学校をさぼる事など許すはずもなかった。気の荒い父は、ヒカリが従い学校へ行くまで暴力がやむ事はなかった。ヒカリも仕方なく一度は外に出るのだが、父が戻るとまたケンカになるため、学校にも行かず、家にも帰らず、という生活になっていった。

「何もあそこまでしなくてもいいじゃないのよ」と泣きながら母が父に言っても、「髪を金髪に染めて、あんな不良になったのは、お前がちゃんと教育しないからだろ」と母を怒鳴りつけ、夫婦ゲンカが始まる。父が母を殴るのを見て拓也は、「もう、お父さんもお母さんもやめて」と涙ながらに訴えた。ヒカリが不良になって、その上登校拒否をしている事が理由で家族の関係が一気に崩れていった。

そして母が家を出ていった。お母さん子だった拓也は、父に母がどこに行ったか聞いたが「知らない」と言われ、姉も帰ってこなかった。

ヒカリは家に帰らず、悪友の所を転々としていた。その頃、男の先輩に勧められてシンナーに手を出した。

そして、金のないヒカリはワルそうな女を見つけて金を巻き上げていたが、そんな生活は長く続かなかった。

警察に逮捕されたヒカリの行く先は、児童自立支援施設への送致というものだった。

児童自立支援施設とは義務教育の間、手のつけられない問題児が、児童相談所の決定で収容される施設である。ヒカリは審判の際、父親から施設に入れてほしいと頼まれた事もあり、中学生の期間、施設での生活を余儀なくされた。

気の強いヒカリは施設に入ってからもたびたびケンカをして相手を傷つけていた。しかし明るく優しい面もあり、仲良くしている者や寄ってくる者も少なくなかった。

その間、荒井あすかや舞姫は、対立するレディースグループの一人を暴行によって意識不明の重体にしてしまう事件を起こしていた。その後、相手が意識を取り戻す事なく亡くなってしまった結果、荒井を含む舞姫の主要メンバーは傷害致死の容疑で逮捕、少年院送致となってしまった。

だが、その中にまりなは含まれていなかった。捕まってしまった主要メンバーは引退を目前に控えていたので、実質二代目舞姫のトップはまりなとなったのである。

施設からヒカリが出てきた事はすぐに地元に広まった。

その噂を聞いたまりなは、ヒカリを見つけるよう仲間に指示した。二人が再会するまでに時間はかからなかった。

「アンタ、施設にいたんだってね。帰ってきたら自分から挨拶に来るのが筋じゃないの？」

「はい」

「はいじゃないわよ。アンタ、当然ウチに入るわよね！」

「ちょっと考えさせてください。まだ出てきたばかりなんで」

「そうね。荒井さんがいない今、私が頭はってるのは知ってるね。すぐに返事持ってこいよ」

ヒカリは、荒井あすかの誘いならすぐに受け入れただろうが、今のトップはあの不幸の元凶、まりなであるのだから、即答できなかった。ただ、ヒカリもレディースに興味がなかったわけではない。以前一度だけ、荒井あすかに舞姫の集会に参加させてもらった事があった。

色とりどりのきれいな族車が並び、純白の特攻服に身を包んだ先輩達が異様に輝いて見えたのが、昨日の事のように今も記憶にハッキリ残っている。

そして「行くよ！」と、総長の合図にたくさんのヘッドライトが闇夜を照らし、爆音はメロディーを奏で、その美しさと迫力に、いつか私もあのようにしたいという願望、憧れを抱いた。

ヒカリの意志は固まった。

「まりなが何だっていうのよ。やってやるわよ」

夏を控えたある夜、ヒカリは舞姫に正式に入隊する事にした。

「河中ヒカリ、よろしくお願いします」

集会に集まったメンバーを改めて見渡すと、同級生が何人も舞姫のメンバーとなっている事に気が付いた。

「ヒカリ、久しぶりー。連絡くれれば良かったのにー。再会できて嬉しいよ」

以前から交友関係のあったヒカリとその友人達は再会を心から喜び、ヒカリのテンションは上がっていた。

まりなを先頭に白い特攻服に身を包み、夜の道路を爆音と共に走り抜けていくのは、何とも言えない快感だった。まるでこの世界が自分達の物になったかのように思える。最高の気分だった。

ある日の事。いきなり、まりなから呼び出しがかかったヒカリは、舞姫のたまり場に出向いた。同級生のメンバー三人が土下座させられていた。

「まりな先輩、どうしたんすか！　何かあったんすか!?」

まりなは、その問いには答えず、

「ヒカリ、こいつら、私がいいって言うまで徹底的にヤキ入れな」

舞姫では何かあれば「先輩自分がやります」と願い出るのが常識であり、先輩から言われた事に対して、背を向けるという返事はできなかった。

仕方なくヒカリは、言われた通り三人に暴行を加えた。三人はさらに他のメンバーからもやられていた。

舞姫は表からはキレイで華やかに見えても、裏ではとてもドロドロして汚い世界だった。カンパの中には意味が分からない物やノルマが課せられていて、達成できなければ激しいヤキ（体罰）を食らい、理不尽極まりなかった。

ヒカリが疑問を抱くのに時間はかからなかった。

私が憧れていた世界って、こんな世界だったのか。カンパ、ヤキ、（まりなの代わりに）同級生を傷つけ……。

そんな事を考えると、同時にまりなに怒りを覚えてきた。

ヒカリは舞姫を辞める決意を固めていた。

ヒカリと共に、同級生の四人のメンバーは、一方的にまりなに抜ける事を伝えた。

「あんたら、ただで済むと思ってんの！」

ヒカリ達五人は、「舞姫がなんだ。どうせ抜けるんだし、もう先輩も後輩も関係ない」と一致団結し、

「来るならやってやる」と、腹をくくっていた。

「上等だよ！　来るなら来いよ」

ヒカリは、いつ来るかと構えていたが、意外な事にまりな達が来る事はなかった。

レディースを抜けたものの、ヒカリの不良交友が断たれたわけではなかった。

かと言って、まともに働く事ができるほど落ち着いていないヒカリは、出会い系サイトで相手を見つけては、楽をして金を稼ごうとしていた。

そして、いつものようにサイトで知り合った相手とホテルに入室して男が上着を脱いだ時、刺青が見えた。

毎日が物足りなくて、何か虚しいと感じるようになっていたヒカリは、一回くらいなら大丈夫と、刺青男から勧められた覚せい剤に手を出してしまったのである。

覚せい剤を初めて注射された時の快楽はものすごかった。この世にこんな素晴らしいものがあったのかとさえ思ってしまった。

この時、ヒカリはいつもの相手のように嫌々ではなく、激しい快楽に我を忘れ、刺青男の事を何度も自分から求めてしまうほどだった。

覚せい剤に溺れ、以前までのヒカリの魅力は失われ、仲間はどんどん離れて孤独になっていった。

ヒカリは自己嫌悪に陥り何度も止めようとしたが、刺青男に誘われるたびに嫌悪を抱きながら会いに行き、覚せい剤を身体に入れた途端我を忘れて求めてしまう。そしてホテルを出てまた自己嫌悪に陥る、という日々を繰り返した。ヒカリはすでに軽い中毒で、治まる事なく悪化していった。もう死のうかと思った事もあった。


いつものように刺青男とホテルを出た時、妙な感じがした。制服を着た二人組に刺青男が声をかけられ、車に乗せられていく。未成年のヒカリも別の車に乗せられ、連れていかれた先は警察署だった。

刺青男にはもともと逮捕状が出ていて、ホテルから出たところを逮捕され、一緒だったヒカリも覚せい剤使用の疑いをかけられて、お互いに尿から反応が出たという事で逮捕となった。

ヒカリはショックもあったが、これでやっと止められる、悪魔から解放されるという安堵感もあった。ヒカリは中等少年院の相当長期（24カ月以上）と審判が下った。

そして二年後、ヒカリも成人を迎える日が間近にせまる頃、出院を許可され仮退院を迎えたのである。同時期に少年院で知り合ったしずと再会した。

しずも同じように覚せい剤で入っていた一人である。しずは出院するなり、「ヒカリもやろうよ」と誘ってきた。

一度は止める気で少年院に入ったが、覚せい剤は自分の意志だけでは止められないと言われているくらいであり、ヒカリの願望を打ち砕くのは一瞬だった。

気付いた時には、ヒカリは自分の腕に注射の針を突き立てていた。

この時、しずは売人の彼と付き合っていて、しずはしずで、彼から安い価格で覚せい剤を入手できる事から、本人も売買に手を染めていた。

「ねぇヒカリ。ヒカリも手伝ってよ。自分で使う分も確保できるしさ」

ヒカリとしても、売春して稼いだ金で買うより、人に売れば手っ取り早くお金も手に入るし、自分の分も確保できると考えて、しずの要求を受け入れた。

そして売買に手を染めているうちに、使用する事や売る事に罪悪感を抱く事は、微塵もなくなっていった。

覚せい剤を止める事もできない。ないと動けない。薬が切れてくると激しい虚脱感に襲われた。そんな自分には希望も光も未来もない。頑張ろうとしても挫折し、先には絶望しか思い浮かばなかった。

そして、こんな生活も長くは続かず、しずの彼を筆頭に、しずもヒカリも覚せい剤取締法違反の容疑で逮捕された。

少女時代のように甘くはなかった。判決は、「覚せい剤の所持・使用・営利目的により懲役四年に処する」というものだった。

第３章　二人だけの時間

1

ヒカリは出所してからも、度重なる悪夢に悩まされていた。出所して、覚せい剤は一度もやっていないが、渇望は頻繁に訪れる。

だが、社会にいるのは自由があるだけ良かった。もう塀の中はうんざりだった。

一方で再び薬に手を出してしまいそうで、それを止められそうにない自分が怖かった。

そんな自分の抱えた問題と一人で向き合っていかなければならないヒカリは孤独だった。

誰も助けてくれない。自分との闘いだった。

「ヒカリ、またうなされてたよ。何か怖い夢でも見てたの？」

ルームシェアという形で同居しているのぞみから、たびたび言われる事だった。

「ちょっとバイク乗り回してくる！」

ヒカリはそんな感情を隠したくて夜中は起きている事が多く、ビールを飲みさらに出かけたりしていた。

のぞみはヒカリの心の中に、深い闇があるのを直感していた。

ヒカリとの関係性は、複雑な根っこの部分で孤独や闇を共有している仲間なのかなぁと、無意識に察知するようになっていった。それがフィーリングという言葉で二人を結びつけているのかもしれない。

女同士の友情もいいものだなぁ……そんなの改めて考えた事なかった。あんまり同性で深い付き合いした子、思い出せないなぁとのぞみは感じた。

強い結びつきがある親友的存在なのかなと思うようになっていき、ああ、こういうのが秘密の共有という結びつきなのかもねとあえて口には出さず、ヒカリの日々の夜の行動を心配していた。


ヒカリは、以前から近所のガソリンスタンドで働いていて、午前10時頃家を出る。料理が好きなのぞみは朝6時には起きてヒカリの分の朝食も一緒に作り、8時には家を出る。

ヒカリは朝方になると、さすがに寝付ける事が多く、その時間だけに安堵感を持つ。

一方のぞみはというと、職場に行くのが日に日に、辛く苦しくなっていた。正義感が強く、間違った事が大嫌いなのぞみは、会社から突き付けられる理不尽極まりない嫌がらせと闘っていた。そして、状況はさらに厳しくなっていた。日に日に受ける仕打ちはひどくなっていった。

「大川さんさぁ、総スカンくってるよ。同僚達とうまくいってないでしょ。心入れ替えなね」

と黒田に言われ、職場の同僚に相談しても、

「あっそ。俺、今忙しいから」

と、ドライな対応をとられていた。

のぞみは、自分のこなしている仕事に誇りを持っていたため、辞めるなど考えた事すらなかった。自分が何かのミスをした覚えもない。

そして、翌月の給料日の事。黒田から呼ばれた。

「あ、あの…先月未払いの給料は？」

「えっ振り込まれてなかった？　てかさ、君白川と付き合ってただろ。あいつ可愛い彼女いるし、社長のお気に入りだからね」

「それと給料と何の関係があるんですか！」

余計なお世話だとカッとなりつつ、黒田だけでなく白川に対する憎しみまで思い浮かび、ものすごく最悪な気分になった。

「君の仕事を良いと評価した事は一度もないよ。みんな迷惑がってんだよ。だからクビね。

はい、さようなら」

今まで必死に頑張ってきたけど、さすがにひど過ぎると思ったが、ここで意見を述べたところで、改善に至る事もないどころか、もう何もかもが無駄に思え、言葉も出なかった。そして会社から去った。

納得がいかなかったが、こういう時彼氏がいたら、つまらない愚痴を聞いてもらえたかもしれないと感じた。地元の連絡を取っていない友人に聞いてもらおうか、ＳＮＳに投稿しようかとも思ったが、やめた。


シェアハウスに戻ったのぞみ。ヒカリは仕事を終えビールを飲んでいる。

「のぞみ、お帰り～」

「うん」

「のぞみ、どうした？」

自然とのぞみの目から涙がこぼれ落ちていた。

「会社クビになっちゃった」

「ひでぇな！　のぞみ、あんなに頑張ってたのに。愚痴や相談はなかったけど、見てるだけで伝わってきたよ。私が会社に文句を言ってやるよ！」

「ありがと、嬉しいよ。でも気持ちだけで充分。ここのところ減給続きだったし、上司の当たりはきつかったし、会社に問題ありかな。あんなとこにいてもさ」

再就職するために地元へ帰ろうか、それともこの辺りで探すか。

のぞみは、クビになった事も含め、会社で起きた全ての事が納得できないでいた。ヒカリが働いている事にさえ羨ましさを感じた。次に進めない。モヤモヤが続いていた。

2

ヒカリは、落ち込んでいるのぞみにどう声をかけていいか分からず考えていた。そして一つの案が浮かんだ。

「のぞみは今のメイクが似合ってないから、私が綺麗にメイクしてあげる」

「何よ、似合ってないって。私は似合ってると思ってるのよ」

「ゴメン、冗談だよ。とにかく化粧落としてきてよ」

顔を洗い、戻ってきたのぞみを座らせたヒカリは、化粧ポーチを持って戻ってきた。

ヒカリは手際よくメイクを施していった。

「ほら、化粧終わったよ。鏡見てごらん」

鏡を見たのぞみはとても驚いた。そこに映っている自分の顔は、20歳そこそこのとてもキレイな売れっ子のキャバ嬢のようだった。

「これが……ワタシ」

通り過ぎれば、男は振り向くだろう。あまりの変わりように、まるで自分が自分じゃないほどだった。

「女は魔性の生きものなの。誰でも男を惑わす力を持ってるの」

のぞみは、実際に自分がここまで変わるとは想像していなかった。そのあまりの変わりように言葉を失い、ついさっきまで落ち込んでいた事など忘れるくらいに、鏡に映った自分に見とれていた。

「のぞみ、アンタいつまで見とれてんのよ。置いてくよ。今日はパーッといくよ」

「えっ、置いてくって、どっかへ行くの？」

「だから、パーッといくと言ったでしょ」

「えっ、う、うん分かった」

のぞみは、先に出ていこうとするヒカリの後ろ姿を見て、あんなにキレイに着飾ってどこに連れていく気だろうという疑問を持ちつつ、後を追いかけた。

「ねえ、ちょっと待って。どこに向かってるのか教えて」

「クラブ」

「えっ、女の人とお酒飲むの？」

「ハハハ、面白い。アンタ何言ってんのよ。踊るほうに決まってんじゃない。まあ、お酒も飲めるけどね。えーと、今8時だから、ちょうどいい時間ね」

二人で電車に乗り、新宿のクラブへ向かった。のぞみは化粧で別人のようになった事で、周囲の反応が気になり、ワクワクドキドキしていた。ヒカリからは堂々としているように言われていたが、すでに激しく緊張していて、怖そうな人からナンパされたりしないかすごく不安だった。

そしてクラブに到着した。足元を響かせる重低音。暗いフロアに設置された、カウンターを照らすブラックライトは、空間をより幻想的に魅せていた。ビールを片手に踊り狂う若者。薬でもやっているのか、目の焦点が定まらずフラフラしているギャル。目つきもガラも悪いオラオラ系の集団。壁際に設置されたソファーに倒れ込んでいる者など、訪れている客はさまざまだった。

「ねえヒカリ、あの子何かフラフラしてるし、今にも倒れそうだけど大丈夫かな」

「あの子、きっと脱法ハーブを吸い過ぎたんだわ。少し吸っただけでも体調不良を起こす人もいるのに、吸い過ぎなんて論外だよ」

「えー、そうなんだ」

「それよりさ、のぞみはお酒飲めないの？」

「飲めない事はないけど、進んで飲まないだけ。昔飲んだ時最初は楽しかったんだけど、次の日起きたら頭が痛くて、そのイメージから飲もうと思わなくなった」

「飲み過ぎなければ平気だよ。それにお酒って、飲むとテンション上がるし、パーッとしたい時には絶対必要だな」

「うん」

「さっきコイン貰ったでしょ」

「えっ、受付でお金払った時に貰った、このコインの事?」

「そう。そのコインをカウンターの店員に渡せば好きな飲み物が飲めるから」

今までほとんどお酒を飲んだ事がないのぞみには、何を頼んだらいいのか分からない。

カウンターへ向かうヒカリにのぞみも付いていった。

大音量でサイケデリックな照明が揺れる中、ヒカリはバーテンダーに大きな声で注文した。

「ジンライム」

ヒカリからコインを受け取ったバーテンダーは、ジンライムを作るとヒカリに手渡した。

のぞみはどうしようかと迷ったが、「同じもの」と、バーテンダーに大声で伝えた。

ヒカリは自分のグラスを持ち、のぞみと乾杯した。

「さっ、のぞみ踊ろう。私の真似すればいいから」

さまざまなジャンルの人達が大音響に合わせて踊り、みんなが不思議と一体化しているような錯覚さえするこの幻想的な空間で、のぞみはヒカリと同じように、体でリズムをとっていた。最初こそ照れがあったものの、すぐに慣れてきて、アルコールの作用もあってか、次第に何とも言えない最高の気分に包まれていた。

しばらく踊りに夢中だった二人の元に、少し目つきの怪しい二人組が声をかけてきた。

「ねえ、お姉さん二人で来たの？」

「そうだけど」

ヒカリは不愛想に返事した。もう一人がのぞみに話しかけてきた。

「何飲んでるの？」

「ジンライムですけど」

「そうなんだ。テキーラでも飲まない？　テキーラショットガン」

「テキーラですか」

「うん、おごるよ」

のぞみは何て答えようかと考えながら、ヒカリの方を見ると、すでに話をつけたらしく、ジンライムを飲みたいと相手にねだっているところだった。

それを見たのぞみは、自分も甘えてみようと思った。

「じゃあ、お言葉に甘えます」

「いいねー、可愛い上にノリがいいんじゃや、俺、君の事好きになっちゃうかも～」

と、男はおどけてみせた。そして、ドリンクを買いにカウンターへ行く男の後ろ姿を見ながら、のぞみは改めてメイクの効果に驚かされるのだった。

だが、この時ののぞみはお酒の事を軽く考えていた。実は男が勧めてきたテキーラショットガンというのは、少量でもアルコール度数の高さから敬遠されがちだ。

「ちょっとーのぞみ、そんなの頼んじゃって平気なの!?」と、ヒカリが心配する。

しかし、のぞみとしても頼んでしまって今さらやめるとは言えず、やられたと思いながらも覚悟を決めた。今日は特別だからと自分を納得させた。

「はい、お姉さん、一気にいってみよう」

のぞみはテキーラショットガンを一気に飲み干した。その瞬間、食道全体に火がつくのではないかと思えるような感覚がして、その後すーっとする感覚が脳天を突き抜けた。のぞみの酔いが回り気分がよくなってきた頃、男はのぞみにジンライムを持ってきた。

「はい、友達も好きなジンライム」

「ありがとう」

敬語で話していたのぞみだが、酔いの勢いもあってか気付けばタメ口へと変わっていた。

「お姉さん、名前は何て呼べばいい？」

「私はのぞみ」

「のぞみちゃんかー、いい名前だね。俺はタケシ。のぞみちゃんはよく来るの？」

「私は初めて。ヒカリに連れてきてもらったの」

「ヒカリちゃんて、連れの子の事？」

「うん」

「ところでさぁ、この後用事とかあるの？」

のぞみは、何て答えていいか分からず黙っていた。やがて男は、ポケットからパイプのようなものを取り出して、のぞみに勧めてきた。

「のぞみちゃんも吸う？」

「何それ？」

「これはハーブ。一服でとぶ上物だよ」

「やんない」

のぞみはやっぱりと思った。この二人、最初から目つきが怪しいと思ってはいたが、脱法ハーブを吸っているのだ。

「のぞみちゃんは何もやらないの？」

「うん、やらないよ。でも、昔一度ダイエットサプリだって騙されて飲まされた事があった。たぶん、何かの薬物だと思うんだけど、頭が痛くなって大変だった」

「えっ、騙されたの？」

「うん、それからさらに薬のイメージが悪くなって、興味すら湧かない」

「なるほどね」

いきなり「パーン」という音が、大音響の中に微かに響いた。音の方を見ると、ヒカリがもう一人の男の頬をビンタしたのだった。

「てめえ何しやがんだよ！　犯されてーのかよ」

「やれるもんならやってみろよ」

ヒカリも言い返した。

その時、体格の良い店員二人がサッと割って入ってきた。

「お二人とも店内でトラブルは困ります。退場してください」

二人は強制的に追い出されてしまい、店内でトラブルを起こしたという事で、出入り禁止になった。のぞみやもう一人の男も、連れという理由で出入り禁止にされた。

ヒカリが男を引っぱたいて退場させられてしまいはしたが、のぞみは満足だった。酔いのせいもあってか、こんなに興奮して楽しんだのは何年ぶりだろうと思った。

「ねえヒカリ、ところで何でいきなりビンタなんか食らわせたの？」

「だってあの男、酒おごったんだから、この後俺に付き合えとか言って恩着せがましいし、やらせろってしつこいんだよ。おまけに薬で釣ろうとしてきやがった」

「ハーブじゃない？　私も誘われた」

「うん、ハーブもそうだけど、覚せい剤も見せられた」

「うそっ、あいつらそんな事までしてたの？」

のぞみは、そうだとしても、いきなり引っぱたく事はないと思ったが、ヒカリならやりそうだとも思った。でも、もしかしたら、ヒカリは覚せい剤を再び目にして、渇望に襲われたのかもしれない。のぞみは、自分がいるのに、今ここで薬に手を出すような事をしてはいけないから、渇望を吹っ切るためにあんな大胆な事をしたのかと感じた。

ヒカリの本心は分からないが、きっとそうだと思った。

ヒカリはスマホの時計を見た。

「あーもう1時半か。電車も走ってないし、どうするかなー」

二人で当てもなく歩いていると、コンビニが見えた。

「ねぇのぞみ、電車も走ってないし、コンビニで缶チューハイでも買って、さっきの続きをしない？」

「そうだね、それがいい」

二人は、缶チューハイとつまみの柿ピーやポテトチップスなどを買い込んで、近くにあった公園のベンチに腰かけた。二人は改めて乾杯した。

ヒカリの方から口を開いた。

「こうやって公園で飲むの何年ぶりだろう。昔はよく公園にたまって、こういう事したな」

「私は初めてだけど、何かこういうのっていいかも。解放感っていうのかな」

「のぞみ、私お酒って好きだな。味はよく分からないけど、仲間と飲みに行って普段は話しづらい事でも酒飲んで語り合うと、お互いに腹を割って話ができるし、仲が深くなれる」

ヒカリはその時思った。今まで思った事と逆の気持ちをぶつけ、虚勢を張って生きてきたが、のぞみには自然と感情が出せる居心地の良さを感じていた。

「うん、そうだね」

割と何でも抵抗なく話す事ができるのぞみは、ヒカリに対して、あんな大胆な事をするのに心は意外にもかなり繊細なのかもしれないと思った。そしてのぞみは、もっとヒカリの事を知りたいと思った。ヒカリから時々感じる闇のような陰。のぞみは、今なら、と思ったが、すぐに打ち消した。なぜなら、それはヒカリの心を土足で踏みにじるような事になってしまうと思ったからだ。もう少し時間が必要だと思った。

理想はもっと自分から明かしてくれる事。でも、聞く必要があるのか。今自分の前にいるヒカリは、私を励まそうと連れ出してくれた。そして楽しい時間を過ごさせてくれた。その事実だけで充分なのではと思った。

のぞみは、ヒカリとの距離が今日かなり縮まった気がした。

「ヒカリ、今日はありがとう」

「何よ、改まって」

「ううん、本当に楽しかった。何年ぶりだろう、こんなに楽しんだの。ヒカリがケンカして、店に出入り禁止になっちゃったけどね」

ヒカリは下を向いてしまった。

「ハハハ、でもヒカリらしいと思った、そういう大胆なとこ。あーでも本当に楽しかった。私、さっき踊ってた時自分が落ち込んでいたのがバカらしく思えてきて、今すごく気持ちがスッキリしてる。明日からまた頑張れそう。お酒も好きになれたし」

「そっか、それなら良かったよ。それより私のメイク、どうだった？　キレイにしてやったんだから尊敬しろよ、ハハハ」

「ヒカリ、その毒舌、何とかなんないの～？　ハイハイ尊敬してますよ」

あまり冗談の通じないのぞみだが、ヒカリから言われると腹が立たないし、自然と笑顔で返せる居心地の良さがあった。それにヒカリからの指摘なら素直に聞き入れられる自分に気付き、改めてこれからどうすればいいかな、と空を見ながら考えた。

さっきまで暗かった空が、うっすら白みはじめていた。時計は5時近くになっていた。もうあれから三時間以上経っていたのだ。

「のぞみ、そろそろ駅に向かおうか」

「そうだね、もうすぐ始発出るしね」

一緒に立ち上がった二人は、同時にヨロヨロと転んでしまった。どうやら、思っていたよりもアルコールが回っていたようだった。二人はお互いに顔を見合わせて、同時に笑った。そして、駅に向かい、始発に飛び乗り、シェアハウスへと帰っていった。


「えっ、もう夕方？」

のぞみが飛び起きて時計を見ると、午後5時を指していた。どうやら酒に酔い、だいぶ寝てしまったようだ。今でも少し足元がフラフラする。のぞみはヒカリが気になり、リビングへ移動した。

「ヒカリ、起きてたの！　二日酔いとかないの？」

「おはよう。ってか、もう夕方だし。私は二日酔いとか具合が悪くなった事は一切ないよ」

「すっごーい！　やっぱり私の身体はアルコール合わないのかな」

「だいたい強くもないのに、テキーラなんていきなり飲むからよ」

ヒカリは中古で手に入れたアクションゲームを夢中でやっていた。ゲームをやりながら「ウリャー」とか「死ねー」などと一人で叫びながら、ゲームの世界に入り込んでいた。そのさまはとても明るく無邪気な小学生のようだった。

のぞみは思わず吹き出しそうになりながらも、気付かれないようにこらえていた。

画面ではボスと思われる大きなワニにゴリラが大きな樽を必死に投げている最中だった。

だが、ヒカリが「うぉりゃー」と言った瞬間、画面下に消えてしまった。「ぐわっ」という声と共に、ゲームオーバーになったようだ。

興奮しているヒカリを見て、のぞみはレースゲームを勧めた。

車もバイクも運転した事のないのぞみでも、そのゲームだけはまぁまぁ得意なのだった。

「ヒカリ、あのゲームやろっ」

「うーん、そーだねー」

と言いながら、ヒカリは少し考える仕草をした後、閃《ひらめ》いたように言い出した。

「のぞみっ、行くよ」

「えっ行くってどこに？」

ヒカリはバイクを取りに行った。前回はクラブだったが、今度はどこに行こうとしているのか、期待半分、心配半分である。やがて、「ヴォンヴォーン」という音と共に単車に乗って現れたヒカリが自身の後ろのシートを「バンバン」と叩いていた。

「ゲームじゃなくて、走りに行くよ！」

ヒカリは一つしかない半帽のヘルメットをのぞみに渡し、自身はノーヘルで単車にまたがっていた。心配になったのぞみは言った。

「ヒカリ、ヘルメットは？」

「アタシはヘルメット苦手なんだよ」

と早く乗るように急かしてきたので、ぎこちなく後ろに乗ったのぞみは、振り落とされないようにヒカリの腰辺りに腕を巻き付けるようにしがみ付いた。単車は出発進行とでも言うように「ヴァン、ブーン」と音を発しながら進み始めた。

ヒカリは、千葉街道から環七通りを爽快に走り抜けていった。時速七十キロメートルほどで、時折「剣の舞」という曲に似せたコールを切り、爆音を鳴らしていた。ノーヘルなのに信号を守っているのが不思議だと、のぞみは思った。

「ふー、のぞみ気持ちいいでしょー」

「う～涙ちょちょぎれるー」

まだヒカリは何かしゃべりかけてくるが、単車から発せられる音がうるさくて何を言っているのか聞こえない。時速七十キロメートルほどでも、車と違って体が外に出ているため、体感は全く違い、それがまたスリルに感じ、程よい刺激になるとのぞみは感じていた。そして、環七通りから京葉道路に入った瞬間、黒塗りの高級車が大きなクラクションを響かせた。

「ヒッ、ヒカリッ、あの黒い車に乗った怖そうな人達がこっち見てるよ」

ヒカリは低速ギアから高速ギアに切り替え、発せられる音が静かになったところで言った。

「あれはヤクザか暴走族のOBね！　ああいうやつらはアタシ仕様にカスタムされた単車

とかを見かけると何かと因縁付けてくるけど気にしないで平気よ！」

「でも追いかけてくるけど」

「アタシの運転を甘く見ないでね」

再び「ヴァン、ブーン」と音を鳴らして変速して走り出した。よりによって、黒塗りの車からクラクションを鳴らされているのにもかかわらず、コールを切り始めた。

相手もスピードを上げ、単車すれすれに幅寄せしてきているが、ヒカリは気にする素振りも見せず走り続けた。

「見てくださいよ兄貴、メチャキレイな女っすよ」

右側の助手席で足を投げ出して座っている兄貴分は、ヒカリの姿を見ると窓から顔を出して、叫ぶように言ってきた。

「姉さーん、カッコいいネー、レディースやってたの～？　一緒にドライブしようよー」

ヒカリはうっとうしそうに、シッシッと手で追い払う仕草をした。

それを見た兄貴分は怒り出し、「このクソアマ、ナメてっとはね飛ばすぞー」と怒鳴り散らした。

ヒカリは気の強い性格から、こういう時に挑戦的な振る舞いをし、状況を悪化させてしまいがちだ。だが、ヒカリはそんな状況すら楽しんでいるかのようにも見受けられた。

その時だった。前方から数台の単車らしきヘッドライトと爆音を響かせた暴走族が走ってきた。のぞみは内心、よりによってこんな時になんて不運なのと思った。前方から走ってくる数台の単車のうちの一台がいきなり速度を上げて、先頭に出てきたかと思うと、Uターンをしてヒカリの方に爆音を響かせながら近づいてきた。だが、女と分かると、族車に乗った男は再びUターンをし、群れの中に戻っていった。その時、再びあの黒い高級車がクラクションを執拗に鳴らし、暴走族の群れに突っ込んでいった。暴走族は単車から降りて、車に近づいた。その瞬間、運転席と助手席のドアが同時に開き、それぞれが勢いよく車から出てきて、向かってくる暴走族の若者達に向けて、鉄パイプやゴルフクラブで殴りかかった。

のぞみは怖いと思いながら、どうなるのかと後ろを振り向きながら見ていたが、京葉道路を千葉方面に単車を走らせていると、次第に暴走族とヤクザのケンカは見えなくなっていった。

「フウー」と息をついたのぞみの目に、普段は見かけても何とも思わないが、今はなるべく見たくない車が目に付いた。車の上には赤色灯が付いている。今度はパトカーが現れたのだ。

正面から現れたパトカーに、どうか私達ではありませんようにと願った。

きっと、暴走族とヤクザのケンカを止めるためにパトカーは目的地に向かっているのだ。だって、私達は交通ルールを守って走っているのだからと、自分を納得させて顔を上に向けた。ゲッ、ヒカリノーヘルだったと思った瞬間、「ウー」と赤色灯が回転を始めた。

そして「前のバイク停まりなさい」と、停車するよう促してきた。のぞみは単車を停めるヒカリを想像したが実際は違った。

「のぞみ、しっかり掴まってなさいよ」と言うと、ヒカリはスピードを上げた。時速は八十キロメートルを超えていた。のぞみはさすがに焦った様子である。

「ちょっとーヒカリー、たくさん信号あるのにどうするのよー」

だが、何もなかったように運転するヒカリの耳に、のぞみの声は届いていない。そして、なおも走り続けるヒカリの単車を追いかけてくる一台のパトカー。運よく目の前の信号は全て青だった事もあり、パトカーよりも少し有利だった。パトカーは前の車をよけながら、ヒカリ達の単車を追いかけてきたが、ヒカリはひたすら車と車の間を涼しげな顔をしながら、走り抜けていた。

「ちょっとヒカリ、やばいよ！　停まらないと」

やはりヒカリにのぞみの声は届かない。やがて、篠崎の高速の入口へヒカリ達の乗った単車が入っていったかと思うと、なぜかパトカーはサイレンや赤色灯を消して、側道にそれて走り去っていった。追跡を中止したのだ。

「あれっ？　パトカー追ってこないわよ」

「県境だから追ってこないのよ」

ヒカリの乗った単車が向かっている方向はシェアハウス方面、つまり千葉方面である。京葉道路は篠崎入口から、ほんの数百メートル進んで江戸川を越えると、すぐに市川市、つまり千葉県となる。パトロール中の自動車警ら隊は担当地域が決められており、県境を越えた場合はそれ以上の追跡はしないのである。

ヒカリはまるで何事もなかったかのように、なおも京葉道路を走行中もコールを切っていたが、やがて原木出口の辺りまで来ると、コールを切るのをやめて、料金所ではしっかりと料金を支払い、下道へと入っていき、シェアハウスへ単車を走らせていったのだった。

ヒカリは単車を停車させる間際、「ただいまー」と言うように、「ヴォンヴォーン」と単車から音を発すると、間もなくアパートに車体を横付けした。

「どおーのぞみー、ゲームやるよりずっとスリルがあって楽しかったでしょ！」

「あー怖かった。ちょっとイタズラが過ぎるわ」

と言いつつ、のぞみの表情はどこか楽しげである。

「そうね、今日はパト、ヤクザ、暴走族と色々遭遇したもんね。確かに初めてでは刺激強過ぎたかもねっ」

と言ったヒカリは、単車のナンバーを下に下げて、後部からでも見えるように戻していた。何とヒカリは走りに行く前に、ナンバーを上に上げて、パトカーが確認できないようにしていたのだ。ヒカリの単車は、ナンバーを取り付ける位置を加工して半回転させているんだなと、のぞみは一人納得した。また、ヒカリの抜け目のなさに感心するのであった。

さっきまで軽い二日酔いだったのぞみだが、今はすっかりアルコールが吹き飛んでしまっていた。二人はシェアハウスに入っていった。

「何か少し腹減ったな〜」

ヒカリは、冷蔵庫から缶ビールを取り出し、早速プルタブを開けて飲み始めた。口に泡をくっつけながら「かーうまい」と言った。オヤジくさかった。ヒカリはさらに豚カルビ塩味のカップ焼きそばのふたを開け、ポットのお湯を入れ始めた。

「のぞみも食う？」

「うん」

ヒカリはもう一個お湯を入れた。二人は三分経つ前にお湯を捨てて調味料を入れ、混ぜ出した。ヒカリの好みは、麺を少し硬めに作る事だった。それにより、付属の調味料を入れた時に味が全体によく付き、おいしく食べられるのだ。のぞみも最近はカップ焼きそばが大好物になりつつあった。

「いっただっきまーす」

のぞみは麺をすすりながら、憂鬱そうに言った。

「そうだ、急いで仕事探さないといけなかったんだ」

3

「のぞみー、アタシ一カ月くらい出かけてくるから」

「えっ」

「実はさ、アタシのおじさんがテキ屋をやっていて、昔何度か行った事があってさぁ。花火大会、盆おどり、祭りの時期になると、いつも手伝いに来るように言われてて、最近全然行ってなかったから、遊びがてら行こうと思って」

「そうなんだー。そう言えば、もうそんな時期なんだね」

「うん。夏と言えば、花火大会とか盆おどりでしょ。しかもおじさんの家は茨城の常陸多賀だから近くに海もあるから最高だよ」

のぞみは、自分の生き方と比べると、ヒカリの事が内心羨ましく思った。

「のぞみ、もしアンタさえ良ければ、一緒に行かない？」

「えっ私も一緒でいいの？」

「うん。おじさんは友達いたら、連れて来いって言ってるし、ちょうどいいんじゃない？色々な所の花火大会とか盆おどり、祭りに行けて絶対楽しいよ。近くに海もあるから、休みの日はバーベキューでもやって楽しく過ごそっ」

「それ最高！　私も行きたいー」

「よし、けってぇーい」

「でもヒカリ、仕事休んで大丈夫なの？」

「それは前もって言ってあるから大丈夫だよ」

「そっか。そしたら私も帰ってきてから仕事探せばいいやっ！　今年の夏は楽しもー」

「おいおい、楽しむだけじゃなくみっちり手伝ってもらうから」

「う、うん、もちろん」

ヒカリはスマホを操作して、電話をかけ始めた。

「あっおじさん、ヒカリ。うん、友達も一人連れていくから。うん、分かった。バイバーイ」

ヒカリは電話を切った。

「おじさんが、もう仕事が詰まってるから早く来てくれって。だからさっそく明日行く事になった。のぞみも明日から平気でしょ？」

「もちろん」

「それじゃあ、さっそく準備しよっか！　と言っても、服と化粧品とスマホと充電器くらいで充分だけどね。あっ水着も忘れずに」

「うん、分かった」

二人は、必要最低限の物をバッグに詰めて、明日の出発に向けて準備を整えた。

「ねぇヒカリー、明日の何時に家を出る予定なの？」

「そうねえ、はっきり決まってないけど、明日もおじさんは近くの小学校で盆おどりがあって、帰ってくるのが夜10時頃になるから、それに合わせて直接家に来てもいいし、盆おどり会場の小学校まで歩いてもすぐの所だから、そこに来てもいいし、それは任せるって言ってたわ」

「そっか。なら盆おどりやってる小学校に行ってみたいなー。私、じゃがバター食べたくて。そろそろ明日に備えて寝よっかな」

「のぞみ、ちょっとその前にゲームしない？」

ヒカリはまだ寝たくないようで、のぞみを車のレースゲームで遊ぼうと誘った。いつもの事だが、「どけー、邪魔だー、死ねー」とヒカリに散々言われながらも、一勝一敗に終わった。

「のぞみ、アンタ車の免許取れば？　車の運転も向いてるんじゃない？」

のぞみは、今まで実際に車を運転しようと考えた事はなかった。理由は単純に、この辺は交通の便に恵まれているし、車よりも渋滞のない電車の方が都合が良いと思っていたからだ。しかし、助手席に乗り、夏は涼しく冬は暖かい車内で、話をしたり、外の景色を眺めたり、ドライブするのは好きだった。

「さぁのぞみ、明日に備えてもう寝よっか」

「そうだね。気が付けば、もう深夜になってるし」

二人は「おやすみー」と言って、それぞれの部屋で床に就いたのだった。


「のぞみー、もう昼過ぎてるよー。起きなさーい」

ヒカリがのぞみの部屋をノックした。

少しいびきが聞こえる。のぞみはとても寝起きが悪く、これ以上は目をつぶっていられないというくらいまで寝ないと起きられない事を思い出した。

「仕方ないか。のぞみ、ドア開けるよー」

のぞみは口を開け、「ぐわっ」といびきをかきながら寝ていた。その姿はまるでゲームに出てくるゴリラのようだった。

「のぞみー、そろそろ出発するから起きてー」

ヒカリはのぞみの顔をペシペシ叩いて目を覚まさせた。「うーん」と言い、ようやく起きた。

「のぞみ、あんたホントに寝起き悪いわね」

「うー、ヒカリおはよー」

「もう昼過ぎよ。早く準備して、おじさんのとこに向かうわよ」

のぞみは、軽くシャワーを浴び、簡単に化粧を済ませてリビングに行った。

「ヒカリ、お待たせー」

「さあ、家出るわよ」

そして二人はシェアハウスを出て、のぞみは駅の方へ向かおうとしたが、ヒカリが単車の後ろを「ポンポン」と叩いた。

「げっ」のぞみは思わずのけぞってしまった。茨城まであんなにヒヤヒヤさせられたのでは、とてもじゃないが命がいくつあっても足りない。

「何が、げっよ。ハハハ、超顔引きつってたよ。安心して冗談だから。今日は荷物もあるし、電車で行こ。それに昨日からカップ焼きそばしか食べてないから、電車で何か食べよ」

「あ~何だ、冗談か。やめてよ、心臓に悪いわ。でも電車なら安心ね」

二人は顔を見合わせ笑った。そして西船橋の駅から総武線に乗り、秋葉原で乗り換えて上野で駅弁を買うと、常陸多賀を目指した。二人は世間話をしたり、外を眺めたりしながら到着を待った。

「常陸多賀~、常陸多賀です」

駅に着くと二人は電車を降りて、駅の外に出た。

「わぁ~、空気がキレイでいい所だねー。とても癒されるわー」

「そうでしょー。ほら、あそこに本屋さん、居酒屋があって、あっちにはスーパー、パチンコ屋もあるよ」

ヒカリ達の到着を見ていたかのようなタイミングで、着信メロディーが流れた。

「もしもーし、おばさん？　今ちょうど着いたよ。うん、駅の外に出たところ、うん、そうしてくれると助かる。分かった、待ってるね」

ヒカリが電話を切る。

「おばさんが、今仕込みの手が空いてるから、ここまで迎えに来てくれるって」

「うん、ちょっと緊張してきた」

「大丈夫よ、緊張しなくても」

少し経った頃、白い軽自動車を運転するおばさんが、ヒカリを見つけ目の前で停車をして降りてきた。

「あらっヒカリー、ちょっとぉーいちだんと美人になったんじゃないのー？　隣の子がお友達？」

「あっあの、初めまして、私大川のぞみと申します。よろしくお願いします」

「初めまして、ヒカリのおばの山竹とし子です、よろしくね。今日は遠いのに来てくれてありがとう」

「おばさんはまだ、この軽自動車に乗ってるんだね」

「そうだよー。でも、ハンドルは重たいわ、エアコンは効かないわで大変よ、このポンコツ」と言って、自分の車を蹴っ飛ばした。

「最近はエンジンもなかなかかからないんだ」

再び、「ゴン」と車を蹴っ飛ばしてから、キーを回してエンジンを再起動できたようだった。三人は挨拶もそこそこに、盆おどりが開かれる小学校に向かうため、車に乗った。

「ヒカリよ、拓也はどうしてんだ？」

「就職して忙しいらしいよ。休みがほとんどないとか言ってたもん」

「そうけー、拓也も大人になったんだっぺな。なーのぞみちゃん、のぞみちゃんよー、おばさん、何に見える？」

「何にと言われても、うーん」

「おばさん、真っ黒でしょーよ。夏の暑い中、外で商売してるから日焼けして真っ黒になっちゃうんだぁ。そんでーヒカリの弟の拓也に会った時、おばちゃん、何に見えるって聞いたら、墨汁だとか、炭火焼きだとか言ったっけ。しまいには風呂敷を被せた黒炭にしか見えないとか言うんだ！　ギャハハハハハ」

自虐ネタを披露したと思ったら、いきなり大爆笑を始めたおばさんは、見た目をイジられると吹き出してしまう変わった人だった。

のぞみは確かに見た目をイジられるだけの事はあるなと思った。小さい背丈にポッチャリな中年のおばさんで、髪の毛はアフロで顔は真っ黒ときた。おまけにド派手な花柄の短パンと蛍光色の黄色いランニングシャツを着ている。

「さあ着いたわよ」

やがて盆おどりが行われる小学校に着いた。おばさんは車から降りて、ヒカリとのぞみに言った。

「今日は全体で五箇所しか出さないヒマな所だから、盆おどりでも見ながら遊んでていいからね」

「うん。ところで、おじさんはどこにいるの？　優香ちゃんと礼香ちゃんは今日は来てるの？」

「優香、礼香、それにヒロシにおじさんが来てっぺ」

「うん、分かった。ちょっと行ってくるネ」

ヒカリは辺りをキョロキョロしながら、皆を探していた。やがて「いた」と声を漏らすと、タコ焼きの屋台に向かって歩いていった。のぞみも後に続いた。

「おじさん、こんにちはー」

「おーヒカリ、来たのけ。それにしても久しぶりじゃねーの！　母ちゃんは元気け？」

「うん、相変わらずみたいよ」

「そうけ」

と言いながら、おじさんはタコ焼きの粉を鉄板に流し込み、焼き始めた。今のうちに焼いておいて客にすぐ渡せるように、段取りをしているのだ。粉を流し込んだら、穴の中に一つ一つ小さく切ったタコを素早く入れて、紅しょうが、揚げ玉、長ねぎを上から均等にまくように入れた。

「んでーそっちは友達だっぺ？」

「そうだよ、のぞみっていって、一緒に住んでる友達よ」

「私、大川のぞみと申します。よろしくお願いします」

「のぞみちゃんけ、ヒカリから聞いてるよ。何？　仕事を辞めちまったのけ？」

「は、はい。辞めたというか、クビというか、会社に問題ありで……」

おじさんは「そうけ」と言って、出来上がったタコ焼きをパックに詰めて、「食え」とのぞみに渡した。ヒカリにも渡そうとしたが、ヒカリは慌てて「半分ずつ食べるから、一パックで大丈夫」と言った。どうやら、他の物を食べるために調整していると、のぞみにはバレバレだった。

のぞみは「ありがとうございます」と言って、今度はりんご飴の屋台に向かっていくヒカリの後ろに付いていった。

「優香ちゃん、久しぶり、久しぶりー」

「ヒカリー、久しぶりじゃねーの。何、今着いたのけ？」

「うん。おばさんに駅まで迎えに来てもらって、今着いたとこ」

「うーん、それにしても美人になったんじゃねーの、しばらく見ないうちに。んで、友達って、この子け？」

「うん。のぞみっていって、ルームシェアしてる友達」

「私はヒカリの従姉の優香。よろしくネ」

その後、かき氷の屋台にいる礼香、イカ焼きの屋台にいるヒロシにも順番に挨拶を済ませ、ヒカリは久しぶりの再会を喜んだ。

「のぞみー、さっそくアタシ、ビール飲みたくなってきた。って言っても、この辺コンビニないから、高いけどここで買うしかないんだけどね。まあ仕方ないか」

辺りを見渡すと、ハチマキを巻いた坊主頭のおじさんが、長方形の大きな箱に氷水を入れ、缶飲料を冷やして売っていた。

「このビール一本ちょうだい」

「はいよ、五百円ね。アリガトウ」

「じゃあ、私はこれで」

「ハイ、それも五百円。アリガトウ」

そして、二人はおじさんから貰ったタコ焼きをつまみに乾杯した。

「ヒカリ、このタコ焼きすごくおいしー」

「そうでしょ、ある物をかくし味に使っているからね。おじさんのタコ焼きはおいしくて、一度買ってまたすぐまとめ買いに来る人もいるくらいなの」

「ある物って？」

「それはね、砂糖なの」

のぞみはかくし味の事を聞いたものの、そもそもタコ焼きの材料に何が使われているのか分かっていないため、ピンとこなかった。二人は、おじさんがいるタコ焼きの屋台に戻った。

「何だヒカリ、ビール買ったのけ？」

「うん」

「何だ！　そんな高く買わなくても、おっちゃんのがあっぞ」

おじさんはそう言うと、買い置きしている缶ビールのプルタブを「プシュ」と開けて、グビグビ飲み始めた。どうやらおじさんは、酒を飲みながら商売をするスタイルのようだ。

「ねえ、ところでおじさん？」

「おっ何だぁ？」

「今日はじゃがバター出てないの？」

「そこにあっぺ」

「あっほんとだ」

「何、食いてーの？」

「うん、ちょっと買ってくる、のぞみ行こ」

「うん」

二人はじゃがバターの屋台に向かった。蒸し器から出ている湯気がとても食欲をそそる。

二人は、できたてのじゃがバターを食べ始めた。

「ねーヒカリ、ところで優香ちゃんと礼香ちゃんて、いくつなの？　私達と近いのは分かるけど」

「近いわよ。優香ちゃんが二つ上で、礼香ちゃんが一つ上よ」

「そうなんだぁ」


商売が終わり、皆で家に戻った。おじさんが漬物をつつきながら上機嫌な様子で、仕事が終わった後の晩酌を楽しんでいた。

「それにしても、とても立派な家ですねー」

のぞみは山竹家を見た時に驚いた。外観はとても立派な日本家屋だったが、中に入ると上質な木材がこれでもかというほど使われていて、上品な造りだけれど部屋数も多く、和室と洋室もあり、わりとオシャレに感じた。

のぞみから立派な家と言われたおじさんは、少し嬉しそうな顔をしながら、テレビを見ていた。

「それよりヒカリー、明日は水戸で朝っぱらから祭りがあって早いから、遅くなんねえうちに寝ちめーよ」

「うん、ちなみに何時に家出るの？」

「おっちゃんは、朝6時に出っちめーが、ヒカリらは俺げの女房と来ればいーぞ」

「ちょっとヒロシ、のぞみちゃんを寝室に案内してあげて」

おばさんから言われたヒロシはすぐに立ち上がり、付いてくるよう促した。

「ホラ、二階だから上がっぺよ」

のぞみはキョロキョロしながら階段を上った。ヒカリも後から付いてきた。

のぞみとヒカリが案内されたのは、上品な和室だった。部屋にはいつでも寝られるように二人分の布団が敷かれてあった。

二人は持ってきた荷物を空いたスペースに置いて、ゴロンと布団に寝そべった。

「あー気持ちいいー」

と言ったヒカリは、今にも眠ってしまいそうな様子である。

「さっのぞみ、シャワー浴びに行こ！　おじさんちの風呂は広いから二人で入れるし」

二人はパジャマを持って、階段を下りていった。

二人は素早く入浴を済ませると、すぐさま布団にもぐり込んだ。時間は夜の12時近くになっていた。二人は遠い所を電車を乗り継ぎ来た事で体は疲れていたが、気持ちの高ぶりがあったためか、すぐには寝付けなかったものの、目をつぶっていたら、いつしか夢の中へ落ちていった。

「パーン、ガタンゴトンガタンゴトン……」

電車が通り過ぎる音で、二人は目を覚ました。山竹家は、線路沿いに建てられているため、毎朝の訪れを電車が知らせてくれるのだ。

「はあ〜のぞみ、おはよー。晴れて今日も祭り日和ねぇ」

「おはよー」

二人が時計を見たら、午前6時40分と表示されていた。二人は一階のリビングへ向かった。

「おばさん、おはよー」

「おはよう」

おばさんは商売の支度のために、家の中と倉庫と、庭に停めてあるワゴン車をバタバタと何往復もしていた。

「おばさーん、何か手伝おうか？」

「いいよヒカリー、それより家出る準備しな。化粧とかあっぺ」

「分かった」

「あっそれとヒカリ、朝ご飯は炊飯器にご飯あっぺ。冷蔵庫の中に納豆とか玉子とかあっぺ。適当に食べときな」

「はーい」

二人は朝ご飯と化粧など、出かける支度を整えた。時刻は午前7時50分を指していた。

「どれ、ヒカリ、のぞみちゃん、そろそろ行くけー?」

おばさんは商売用の白いワゴン車にヒカリとのぞみを乗せて、キーを回したが、「キュルルル」というばかりでなかなかエンジンがかからない。

「ヒカリー、このキーを右に回しといてくれっけ?」

「こうかな?」

車から「キュルルル」と音がしたかと思うと、おばさんは降りていって、車のボディを思いっきり蹴っ飛ばすと同時に「ブルーン」という音がしてエンジンがかかった。どうやら、山竹家の車は軽といい、ワゴン車といい、蹴っ飛ばさないとエンジンがかからないポンコツばかりのようだ。のぞみはこんな車で出かけて平気なのか心配になったが、心配しても始まらないと思い、すぐに考えるのをやめた。

「おばさん?」

「何だっぺ?」

「ところで、皆もう向かったの?」

「うん、そうなんだ。おじさんとヒロシで向かって、優香と礼香も自分の車で向かって、

「もう着いて仕込みしてっぺ」

おばさんは大好きなハードセブンというタバコをプカプカ吸いながら、運転に集中していた。

その日のお祭りは、山竹家から車で四十分くらいで着く場所で、駅からそう遠くない大きな広場で行われる。やがて広場が近くなると、たくさんのテキ屋が集まって屋台の設置をしているのが見えてきた。

射的、くじ引き、かき氷に綿あめ、タコ焼き、お好み焼き、牛串にベビーカステラと、ジャンルを数えたらキリがないくらいの、数多くの暖簾《のれん》がひしめき合っていた。

「さぁー着いたよ、ヒカリにのぞみちゃん」

おばさんは車を停めると、つり銭などが入ったバッグ類を持って車を降り、後ろのドアを開け早速準備に取りかかった。

「ヒカリにのぞみちゃん、今日はくじ引きをやってくれっけ」

「えっ私達がくじ引き？」

「そうだよ。嫌か？」

ヒカリの表情に迷いが走る。

「えっ、いいえ、分かったわ」と言うなり、ヒカリは屋台の設置に取りかかった。

屋台の設置が終わると、台の上に商品を並べ始めた。五等は人気キャラクターカード、四等はプラモデル、三等はゲームソフト、二等は最新人気ゲームソフト、一等はゲーム機本体と、高価なものまであり、さまざまだった。

全ての設置が終わると、屋台にシートを被せ持ち場を離れた。

皆で近所のラーメン屋に行き、一時間ほど涼んだところで、おじさんが立ち上がった。

「そろそろ始めっぺ」

ヒカリとのぞみはくじ引きの屋台に向かった。

屋台に戻ると早速小学生くらいの男の子が現れて、のぞみに向かって「一回」と言ってきた。

「あっ、はーい、それじゃあ、この中からくじを引いてね」

男の子がくじを引くと、いきなり大当たりの一等が出たのである。ヒカリがすかさず「大当たりー」と大きな声を出しながら、鐘を鳴らした。すると店先にはそれを聞きつけた子ども達がたくさん集まってきた。ヒカリはそのタイミングで、「一等、大当たりー」と言って、景品のゲーム機本体を小学生に渡した。そしてその男の子が帰っていくのを見計らって、屋台の下から二種類の新たなゲーム機の箱を取り出し並べると、集まっている子ども達に向かって言った。

「今日は特別に大当たりをたくさん入れてあるからねー。しかも大当たりの一等を引いた人はどちらか欲しい方のゲーム機を選べるからねー。さぁー本日限りの特別サービスよー」

その声を聞いた子ども達が、「一回」「僕も一回」と、次から次にくじを引こうと集まってきた。そして一時間ほど賑わって人が引いていったが、その間、くじを引いた人の九割が車の形をした消しゴムで六等の残念賞だった。

「すごーい、たくさん売れたね。でもこのゲーム機は今でも人気あるから、中古でも二万はする事を考えると、今のところトントンくらいなのかな」

と、のぞみは一人つぶやいたが、それを聞いたヒカリは無言だった。そして、ちょっと困っているようにも見えた。

その時だった。くじを引いた子どもが何と一等を引き当てたのだ。ヒカリは「大当たりー」と叫び、鐘を鳴らすと、再び子ども達が集まってきた。その後はさっきと同じ展開である。

それを何度か繰り返しているうち、のぞみは一等の箱が軽い事にふと気付いた。中身は空である。そう言えば、最初並べた時も重みを感じなかった事を思い出した。でも、さっきの子どもはこの空の箱を喜んで持って行ってしまった。

疑問に思ったのぞみは、ヒカリに聞いた。

「ねーヒカリ、そう言えば最初に大当たりを出した男の子の、あれって中身空じゃなかった？」

「ちょっちょっと、のぞみ声が大きいわ！」

「えっ……」

「そうよ。実は大きな声では言えないけど、最初から大当たりなんて入ってないのよ。それであの男の子は、おじさん家の隣《ち》に住んでる男の子。つまりサクラよ。景品も四等以上の物は全て空で中身はどこにもないわ！　箱だけ貰ってきて並べてるだけ。一回数百円のくじで何万もするものを持っていかれたら、大赤字でしょ！　でも、子どもって、自分にもチャンスがあるって信じちゃうの。のぞみ、気を悪くしたかもしれないけど、子ども達の夢を壊さないために、この事は黙っといてね！」

と舌をペロリと出してウインクするヒカリ。

その後、祭りも大詰めとなり、合唱団の演奏などが始まった。人出はとても多くて、祭りが終わる夜9時頃まで人の波は引く事がなかった。

祭りが終わって屋台を片付けている最中でも、周囲では祭りの余韻に浸っているのか、帰らずに道に座って寄り添い談笑しているカップルや、東京などではあまり見かけないであろう特攻服を着た少年グループ、パトロールをする警官などさまざまな人達がいた。

やがて、片付けを終えたのぞみとヒカリは、おばさん達と一緒に家に帰った。

「かー、ビールとマグロは最高だねーヒカリちゃんよ、ずいぶん売ったんじゃねーの。たいしたもんだーヒカリちゃん」

「この子達のお陰よ」

と言うと、目の前には小学生くらいの子ども達三人が、ポテトチップスとコーラに夢中になりながらも、そうそうと言わんばかりに頭を縦に振っていた。よく見れば、どの子も祭りの時に大当たりを引いた子達だった。

「それよりアンタ、もうこんな時間なんだから、早くこの子達を家に返してやんねーとかわいそうだっぺよ」

と、おばさんがもっともな事を言い出した。

「分かってっぺよー」

おばさんに言われたおじさんはそう言うなり、「ホレ」と三人に小遣いを渡して、「また手伝ってくれな」と言うと、三人の子ども達は嬉しそうに「はい」と言って帰っていった。


こうしてヒカリとのぞみは、盆おどり、花火大会、祭りと次々に屋台の仕事をこなして二週間ほど経った。

「ヒカリよ、明日は休みだから、どっか遊びにでも行っといで」

おばさんが仕事の帰り道、車の中で言った。

「うん、じゃあ明日は海に行ってくるね。実は水着も持って来てるしさぁ」

「そうけー、なら海まで送ってってやっからね」

その日は小学校の運動会での商売だったので、家に着いたのは午後7時頃と割と早く、優香ちゃん夫婦や礼香ちゃん、それにおじさん達も含めてカラオケでも行こうという事になり、皆で駅近くのカラオケ店に入った。そこでおじさんは十八番《おはこ》の長渕剛を披露し、女性陣は懐メロのJポップを披露し盛り上がった。三時間ほど歌って帰宅した。

のぞみは、会社をクビになる前後に感じていた孤独感や絶望感などは今は微塵も感じない。これもヒカリのお陰だと、強く実感していた。今の自分は無職だが、手伝いが終わって帰ったら、改めてやり直してしっかり生きていくために、本気で仕事を探さないと、と考えつつも、帰るまで精一杯楽しもうと思った。

いよいよ明日は待ちに待った海に行く日。何年ぶりだろうか？　のぞみはワクワクしながら床に就いた。

「おはよー、今日もいい天気ねー」

ヒカリとのぞみはいつもより少し早く、朝8時には目を覚ましていた。だがすぐ下には行かず、スマホでニュースを見たり、他のサイトを検索しつつ、9時少し前になったあたりで居間に下りていった。おばさんもおじさんも起きていた。

「あら、ヒカリ、のぞみちゃんおはよー」

ヒカリは一服するために庭に出た。さんさんと照り付ける日差しは最高の海水浴日和を感じさせていた。一服終えるとのぞみに声をかけ、早速準備に取りかかった。二人は念入りに化粧をして、いつもの倍の時間をかけて支度をした。

「おばさーん、支度終わったから送ってー」

「はいよ、あんらまぁ、見違えちゃって、どこのギャルちゃんですか！　そんなキレイになっちゃって二人とも変な男に引っかかんないように気を付けなさいよ。んじゃどれ、送ってってやっぺ」

軽自動車に乗り、近くの河原子《かわらご》海岸まで向かうと、十五分ほどで海が見えてきた。のぞみは近くといってもまさかここまで近いと思っていなかったので驚いた。少し車を走らせると、多くの海水浴客やサーファーなどが浮輪やバナナボート、サーフボード、ボディーボードなどを持ちながら歩いているのが見られた。

「おばさーんありがとう。ここからは歩いていくから大丈夫よ」

「そうけ、んじゃ気を付けて遊んでくんだよ。帰ってくる時は電話すれば、また迎えに来てやっからな」

「ありがと」

二人は車から降りた。おばさんの軽自動車はマフラーからやや黒い煙を吐き出しながら帰っていった。

「それにしても大丈夫かね、あの車。さすがにちょっと心配になってくるわ」

「そうね」

ヒカリとのぞみの前に、とてもキレイな海の景色が広がっていた。キレイな砂浜に潮の匂いがとても心地良かった。

するとと目の前にある海の家から男が声をかけてきた。

「お姉ちゃん、ちょっとおいで。ホラ見てみな、このサザエと大きなハマグリ。特別お姉ちゃんなら半額の五百円にしとくよ！　どう、ここで焼いてすぐ食べられるよ、酒もあるし」

ヒカリは、実はこういうのにすごく弱かった。ビール好きというのもあるが、捕れたての海産物を焼いてビールと合わせて楽しむという事に目がないのだ。

「ねーのぞみ、一杯だけいいかな」

「いいよ」

「おっとお姉ちゃん、ノリいいねえ。東京の人かな？」

「そうよ」

「そっか、じゃあ持ってけドロボーだ。わざわざ東京から来たんだ、ホラッ、たくさん食いな」

男はたくさんのハマグリとサザエを焼き台に載せた。火が通ってきた頃を見計らってヒカリはビールのプルタブを開けた。

「うーんのぞみー、これおいしー、さすがこういう所で食べながら飲むのは格別ね」

「うん、本当ね。とてもおいしいわ」

「そうだろ、そうだろ？　ウチは自慢の貝しか使ってないんだよ」

店主はどや顔で頷いていた。

「ごちそーさん。お兄さんおいしかったわ、ありがとうね」

「いいって事よ。楽しんでおいで」

二人はお礼を言い、砂浜へ歩いていった。周囲に設置されているスピーカーからはｍ．ｃ．Ａ・Ｔの「コーヒー・スカッチ・マーメイド」が流れていた。

「そこの縄より先には行かないでくださーい。ダメですよー」

どうやら海水浴客が危険区域に入ろうとしているのを監視員が大きな声で注意しているようだ。

「何か海に来たーって感じねー」

眩しそうに浜辺を見つめながらヒカリが言った。

「そうねー、毎年夏になると来たいとは思うけど、行けずじまいでこの歳だもん」

「それにしても海に来ると、とても懐かしい気持ちになるわー。例えばひと夏の恋とか」

「えー、ちょっと意外！　ヒカリって何か男にあまり興味なさそうに見えたから。だから私、実を言うとヒカリって男じゃなくて女が好きなのかなって思ったりもしてたの！」

「アハハハハー、そんなわけないでしょ。ただ私好みの人がなかなか寄って来ないだけ。ホラッそんな話をしてたら、さっそく来たわよ」

ヒカリ達に向かって、茶髪のロン毛とソフトモヒカンの男二人組が近寄ってきた。いかにもチャラ男といった雰囲気だ。

「そこのキレイなお姉さん、二人で来たの？」

「………」

ヒカリは無言だった。

「俺達、今日は千葉から久々海にでも行こうってなって来たんだけど、お姉さん達は地元の子かな？」

「えっ、いいえ。私達も千葉から来たんですけど」

「えっ、マジ？　チョー偶然。しかも二人揃って超美人じゃん。今日の俺達ってメチャついてるかも」

「そうだよな。普通女の二人組っていやー、片方は可愛くて、片方はブスってのが相場なんだけど、二人揃って超美人だし、俺らも声かけないわけにはいかねーよな」

普段、超美人などと言われないのぞみは、真っ赤な顔になりながら照れていた。ヒカリの表情は特に変わらない。

「おっと君ー、テレた顔もチョー可愛い。俺マジで好きになりそうだもん」

「ところで君達、名前は何て言うの？　あっ俺はヨシオでこいつはタカシ」

ロン毛がヨシオで、ソフトモヒカンがタカシというらしい。

「あっ私はのぞみで、友達がヒカリです」

「ヒカリちゃんにのぞみちゃんか、よろしく。それでさぁ、もし良かったら、一緒にそこにシート敷いてだべらない？」

「えー私はいいけど、ねぇヒカリどうする？」

「うーん、ならそれでもいいけど、後にしよ。また後で来るから、その時でいいなら付き合ってあげる」

「おっしゃー、じゃあ楽しみに待ってるからね、約束だよ」

ヨシオとタカシは小指を上げて、笑顔でウインクした。

「のぞみ、ちょっと付いておいで」

「うん、どこに行くの？」

「付いてくれば分かるわ」

ヒカリとのぞみはジェット（ジェットスキー）がブンブン走っている方に向かって歩いて行った。そして海辺の所に立って、ジーッとジェットに乗った男性を眺めていた。男はそれに気付いたのか、ヒカリと目が合うとニコッとスマイルをしてきた。ヒカリはすかさず笑顔でピースをした。男はヒカリとのぞみの方にジェットを走らせてきて、目の前で止まると二人に向かって「どう、後ろに乗ってみない？」と言ってきた。

「のぞみ、遠慮なく乗せてもらいなよ。前に乗ってみたいって言ってたでしょ？」

「じゃあ、せっかくなのでお願いします」

「おう、そんじゃしっかり掴まっててよ」

ジェットは徐々に加速して、沖の方へ走っていった。途中、男はスピードを最高まで上げると、のぞみはキャーキャー言いながらも喜んでいた。やがてヒカリの元にジェットが戻ると、男は「君も乗るかい？」とヒカリに言った。ヒカリは「乗った事ある」と言うと、「それじゃ、少し貸してあげるから君達二人で乗ってみたら？」と勧めてきたので、ヒカリは「ありがとう、お言葉に甘えて」と、ジェットにまたがった。

「それじゃ、のぞみ行くわよー」

「うーん、レッツゴー」

ヒカリとのぞみが乗ったジェットは、いきなりアクセル全開だった。

「ちょっとヒカリ、飛ばし過ぎじゃない？」

「大丈夫よ、水の上なんだから。それよりもっとスピード上げるから、しっかり掴まってなさいよ」

と言うと、ドリフトみたいに急旋回をした。のぞみは振り落とされないように必死だが、ヒカリはとても楽しそうだった。

と、その時だった。「ドッボーン」という音と共にのぞみが振り落とされてしまったのだ。

「キャー、たーすけてー」

のぞみはあまり泳ぎが得意でないのか、必死にもがいている。

「ちょっと、のぞみ。そんなに焦らなくても大丈夫よ。ライフジャケット着てるんだから、溺れやしないわよ」

「えっ、あっそうね」

のぞみは何とかジェットに戻るとヒカリは再び走り出した。そして男の元に戻るとお礼を言った。ヒカリは「ジェットの扱いがずいぶん上手だね」と言われた事で気分が良かったのか嬉しそうだった。

「どう、のぞみ、ジェット最高だったでしょ」

「うん、楽しかった。ところでさぁ、さっきの人達どうする？　何かさ、ロン毛の人ちょっと私の好みだったのよね。ねっせっかくだから行ってみようよ」

「えっのぞみ、ああいうのが好みなの！　でもそうね、約束もしてるし、感じも悪くなかったから行ってみようか」

二人はヨシオとタカシがいる所へ向かった。

「おーヒカリちゃん、本当に来てくれたんだ！　俺スゲー嬉しいよ。アレっ、ところでのぞみちゃんはどこに行ったの？　あれ、この子はまた別の友達かな？　二人で来たんじゃなかったっけ？」

ヒカリはやべっと思ったがもう遅い。さっきジェットからのぞみを振り落として海にドボンしてしまったせいで、のぞみはすっぴんになっていたのである。

「あのー私がのぞみですけど」

のぞみはお気に入りのヨシオを見ながら、ほっぺをほんのり赤くしながら言った。

「………」

男性陣が無言になってしまった。そこでタカシがパンと手を叩き、気を取り直してとでも言うように飲み物とお菓子を勧めてきた。

「実はさっき、ヒカリちゃん達がいない間にコンビニまで車飛ばして買ってきたんだよ！遠慮なく食べて飲んでよ、ってか安心して。俺ら酔わせて何かとかそういう事は考えてないし、ただ楽しくわいわい遊びたいだけだからさ」

タカシはやたらとヒカリに好意的で、狙っているのは明らかだった。

「それじゃいただきまーす」

四人は缶チューハイを手に取り、プルタブを開けた。タカシとヨシオは早いペースで飲み続け、すぐに呂律が怪しくなってきた。

「あっ、ところで君の名前は？」

「えっ？　あの私のぞみって……」

「ホントにホントに、のぞみちゃんなの？　顔が違うから騙されないぞっ」

タカシはおどけた感じで言った。その時、ヨシオは耳打ちした。「化粧が落ちたから違く見えるんだよ、おそらくな」と言っているようだった。だが好みのヨシオがいるせいか、今日ののぞみは酒のペースも早く積極的だった。

「あのーヨシオ君って、どういう子がタイプなんですか？」

「………」

「おい、ヨシオ、のぞみちゃんが聞いてるぞ！」

「えっあー、まあ可愛くて明るくてよく笑う子かな」

「へーそうなんですね！　彼女とかいるんですか？」

「………」

「おいっヨシオ」

「えっ、い、いないけど……」

「偶然ですね！　私も最近別れてフリーなんですよ！」

「そっそうなんだ……」

おばさんに迎えに来てもらい、ヒカリとのぞみは山竹家に帰っていった。おじさんはビールと漬物で早めに晩酌をしていた。

「んで、どーだったっぺ、海は楽しかったのけ？　えっヒカリちゃん」

「んーまあねっ」

「どうだったんだっぺか？　おっのぞみちゃん」

「ってか何なのよ、あいつら二人して超美人なんて言って近づいてきたくせに。私の話なんか全然耳に届かないみたいな顔して」

のぞみはまだ少し酔っているのかほんのり赤く、ムッとした顔で愚痴り始めた。

「何だっぺ、なに怒ってんだっぺか、のぞみちゃんは」

「えっ、うーん、何というか、のぞみにとってひと夏の恋というかワンナイトラブというか不発に終わったというか……」

「そうけ」

おじさんはよく分からんといった顔で、視線をテレビに戻した。テレビでは夕方のニュースが流れていた。ヒカリは秘かに、ジェットの後ろに乗せて振り落としたのを反省した。せっかく念入りに化粧をしたのに、のぞみ好みの男が声をかけた事をパーにしてしまったのだから尚更だ。


そして、さらに二週間が過ぎ、手伝いも終わり、とうとう帰る日となった。

二人はこづかいを貰い、おじさん、おばさん、皆にお礼を言い挨拶を済ませると、皆が「また来年もおいでな」と笑顔で見送ってくれた。

ヒカリは「うん、また来るから」と言って、駅前で車から降りたのだった。

「さぁー私達のシェアハウスに帰りますかー」

「そうね」

二人は切符を買い、電車に飛び乗った。

4

二人は茨城から戻って、シェアハウスでヒカリの残りわずかとなった休日を過ごしていた。

「はーのぞみー、明日っから仕事行かなきゃー」

「そうね。私もすぐ仕事探して頑張るから、ヒカリも頑張って」

「うん。それにしても長期休暇取った後の仕事って、何でこんなに憂鬱なんだろうね。もしかしたら私には怠け者の血が流れてるのかもしれないな」

「フフフ、そんな事はないと思うけど」

「それよりのぞみさぁ、仕事探すって何かあてとかはあるの？　また印刷会社探すの？」

「ううん。私別に印刷会社にこだわっていたわけじゃないし、他の職種もありだと思ってるから特にこだわりはないわ」

「そっか。ならいっそ夜の仕事でもしてみたら？」

「えーっ、私が夜の仕事！　まさかー」

「そうよね。暗いホールにいきなりのぞみが現れたら、お客さんビックリしちゃうもんね」

「何なの！　そういう意味でビックリしたんじゃないわよ。それにね、ヒカリは自分で自分の事、キレイだと思ってるみたいだけど、私と大差ないわ」

「ゴメン、ゴメン。本当冗談、許して。何なのそんなムキになって。それに焦らなくてもおばさんに貰ったお金があるし、平気よ」

「ヒカリにそう言ってもらえると安心できるけど……」

「それにしても、この憂鬱な気分何とかならないかしらねー。あっそうだ、のぞみこれから飲みに行かない？　いーえ、イヤとは言わせないわ。ほら早く準備して」

「う、うん、いいけど、どこ行く気ー？」

「こないだグルメ番組に出てた店に、すごく惹かれたから行ってみたいって思ってたの。場所はここから近いよ」

「分かった」

二人は急遽、居酒屋へ行く事になった。のぞみとヒカリは軽めに化粧をして、ラフな服装で家を出ると、駅近にある店に向かった。『ホルモン酒場㊦』とかかっている暖簾をくぐり、店に入ると店員が「いらっしゃい」と威勢よく迎えてくれた。

「それにしてもすごく賑わってるわね」

「うん。それに私達が来たら、お客さんも席あけてくれたし、みんな感じいい人達ね」

この店は、カウンターやテーブルなどが白木で造られていて、立ち飲みを取り入れた居酒屋だった。最近グルメ番組に出たとあってか、七輪焼きが楽しめる人気の店だった。ヒカリとのぞみが入店した後すぐに別の客が来たが、これ以上は入れず「満席です」と言われていた。

店の壁にはホワイトボードがかけられていて、本日のおすすめメニューが書かれていた。

「さぁー、お姉さん達は何にする？」

ヒカリとのぞみはそれぞれ発泡酒を頼んだ。発泡酒は生ビールより安価で飲めるとお店では人気だった。そしておすすめメニューにあったホルモン三種盛りを二人前頼んだ。

「それじゃあのぞみー、かんぱーい」

「うん、かんぱーい」

二人は乾杯し、早速肉を焼き始めた。七輪の上でおいしそうに肉がジュージュー音を立てているのを見ていたヒカリは、危うくよだれを垂らしそうになりながらも、焼き上がったホルモンを嬉しそうに口に入れた。

「のぞみー、これすごくおいしいね」

「うん、すごくおいしー。とても発泡酒に合うし」

「そうでしょ。アンタもだいぶ分かってきたわね」

「最近ヒカリと飲む機会が多くて、お酒とつまみの相性で食事がより楽しめる事にも気付いてきたし」

「これでアンタも一人前のグルメ娘ね」

「うん。ところで壁に、『せんべろ』って書いてあるカラー記事がたくさん貼ってあるけど何だろうね？」

その時、混雑した店内で同じく飲んでいる男性客がすかさず答えをくれた。

「それはねー、この間ロケが来た時の記事なんだけど、せんべろっていうのは千円でベロベロに酔えるようなお店の事を言うんだ！　この店は価格が安いでしょ？　発泡酒とホルモン三種盛りで七百円だから千円であと一杯飲める。カツカツの僕達にはとてもありがたい店ってわけだよ」

「そうよ。今は立ち飲みブームだからせんべろをうたい文句にしている店は少なくないわ。それに立ち飲みがブームな理由はもう一つあるの。それは何だと思う？」

「価格の安さ以外に、うーん……低価格でメニュー豊富だから色々食べ比べができる。あっそれとも注文した物がすぐ出てくる」

「確かにそれもあるけど、この雰囲気から何か感じない？」

のぞみは周りを見ると、とてもアットホームな雰囲気に感じた。

「立ち飲み屋が男女の縁結びをしてくれる事もあるのよ」

「なるほどね、確かに立ち飲み屋で出会ってカップルになったという人をテレビで見た気がする」

のぞみは納得したようだった。その時ヒカリは募集の貼り紙を見ていた。そこには黒いマジックで『テレビ放映後人気急上昇!!　従業員募集中！　女性大歓迎!!』と書いてあった。

「ちょっとのぞみ、あの貼り紙見てごらんよ！　従業員募集だって。良かったじゃない、アンタここで働かせてもらったら？　まだ募集してるか聞いてくるよ」

「えっ、ちょ、ちょっとヒカリー」

ヒカリを止めようとしたが無駄だった。

「すみませーん店長」

「あいよーっ」

「まだ従業員募集してますか？」

「ええ、まだしてますよー。お姉さんが働いてくれるのかな？」

「私の友達のあの子なんですけど、どうですか？」

「お姉さん仕事探してるの？」

「えーまぁー、これから探そうと思ってたんですけど」

「どうだい、ウチで働いてみるかい？」

のぞみは一瞬考えるそぶりを見せたものの心の中では即決だった。こんなにいい雰囲気に囲まれ、家からも近い上にすぐ働けるのであれば断る理由もない。それにのぞみはお酒の楽しみを知り、酒場などの明るい雰囲気の中で働いてみたいと秘かに考えていて、大手居酒屋チェーンのホールスタッフも視野に入れて探そうと思っていた事もあり、のぞみにとってこのチャンスは渡りに船だった。

「はい、よろしくお願いします」

その時、店内にいるお客さんの間で拍手と歓声が上がった。中には「採用おめでとー」「看板娘の誕生にかんぱーい」とか「今日は俺のおごりだー」と言う人もいた。ヒカリとのぞみは、その後梅サワーや小松菜ハイボールなどを飲み、すっかり上機嫌になっていた。そして会計をするためレジへ向かった。

「ありがとうねー、また来てねー。あっ、それとのぞみちゃん、明日の午後3時に履歴書持って面接に来てね。まぁ不採用はないから、その点は安心してね。じゃっ待ってるよ」

二人は会計をして店を出た。

「それにしてもおいしいホルモンだったわねー。おい！　のぞみワタシに感謝しろ」

すっかり酔ったヒカリはこの調子である。

「ハイハイ、本当にありがと、感謝してます。それにしてもあの店少し酒が濃くなかった？　三杯目の時点で結構酔いが回ってたし」

「コラ！　のぞみ、なんだ、その言い方は。感謝が足りない証拠じゃ！　それにあんくらいで濃いとはアンタを一人前だと思った私の目は間違っていたようだ」

酔うと変わるヒカリとは対照的に、のぞみは飲んでも変わらないタイプのようだ。のぞみから見た酔ったヒカリの印象は、決して酒乱というわけではなく、明るくふざける子どものようだった。

その時、どこからともなく「クゥーン、クゥーン」という犬の鳴き声が聞こえてきた。出かける時には気付かなかったが、今は確かに声がする。二人はちょうど、住んでいるアパートに面した細い道を歩いていた。動物好きのヒカリは、酔いながらも口元に人差し指を立てて「しっ」と言いながら声のする方へ向かった。やがてダンボール箱に目が留まった。ヒカリはすぐさまダンボール箱を開けると、子犬のチワワが震えながら鳴いていた。

二人は話し合って飼う事になり、シェアハウスに連れて帰った。

そして犬の名前をコロと名付けた。理由はとても単純で、目がボールみたいにコロコロしているからだった。

こうしてのぞみとヒカリの生活にコロ（オス）が加わり、新しい生活が始まった。のぞみの職場も決まり、コロも二人にとても懐いていた。ヒカリはいつものようにガソリンスタンドへ出勤のため、家を出ようと玄関へ向かった。すかさずコロが「ワン」と走り寄ってきた。

「それじゃ行ってくるねー」

その言葉を聞いたコロは、より一層吠え立てた。

「ハイハイ、コロ。ダメ、仕事だから待ってるの。ちゃんといい子にしていなさいよ。帰ってきたらいっぱい遊んであげるから」

コロはそう言われると吠えるのをやめて、静かになり、素直にヒカリの出勤を見送ろうとするのだった。

「それじゃ、のぞみ行ってくるねー」

「うん、行ってらっしゃーい」

のぞみとコロに出勤を見送ってもらったヒカリは、軽い足取りでスタンドへと向かった。

第４章　堕ちてゆく瞬間

１

のぞみは、居酒屋での仕事が午後４時からの出勤であるため、午前中から仕事へ出かけるヒカリと会えない時間が増えた。初めは寂しく思っていたが、いつのまにか気にならなくなった。逆に、顔を合わせる時間が減った分、二人が一緒にいる時間が新鮮に感じた。どんなに親しい間柄でも、適度な距離というのは必要なのかもしれないと思った。

「はい、レギュラー満タンですね。お支払いは現金、カードどちらになさいますか？」

「現金でいいわ。それと走っている時もそうなんだけど、ブレーキを踏むと変な音がするのよ。ここで見てもらえるかしら？」

ヒカリの勤めるガソリンスタンドは、セルフ式ではなく、今はあまり見なくなったが、店員が対応するスタイルだった。客の要望によりオイル交換、手洗い洗車、点検、整備等も行っていた。

「ブレーキパッドの交換時期がかなり過ぎていますね。このままですとローターなども傷つき、不具合が次々と起こるので、早めの交換をお勧めします」

「そうなの。ここで修理できるかしら？」

「修理できない事もないですが、車種に合う部品を取り寄せとなると時間がかかってしまうので、近くのカー用品店などの方がいいかもしれません」

「あら、そうなの。分かったわ、親切にありがとう。お姉さん名前は？」

「はい、河中ヒカリと申します」

「そう、ヒカリちゃんね。また来るわ。では」

「それではお気を付けて。ありがとうございました」

明るく元気で親切な対応は、客からの評判がとても良く、リピーターの客も少なくなかった。店主も気の利くヒカリをとても可愛がり、ウチの看板娘と言う事もあった。

「ヒカリちゃん、いつも頑張ってくれて本当に助かるよ。お客さんからとても評判が良く、わざわざ遠くから来てくれる人もいるんだよ」

「そんな、私は普通に仕事してるだけよ。でもわざわざ遠くからガソリン入れに来てくれるなんてありがたい事ね」

「そうだろ、皆ヒカリちゃんの接客が良くて来てくれとるんだよ」

「シンちゃんの指導が行き届いているからよ」

「そう思ってるなら嬉しいよ」

ヒカリがシンちゃんと呼ぶ店主は、今年72歳を迎えたおじいさんだ。従業員達からはシンちゃんと呼ばれて親しまれていた。

「それよりヒカリちゃん、犬を飼い始めたんだってな。ダンボールに入れられて子犬が捨てられていたとか」

「そうなの。しかもダンボール開けてみるとチワワなんだもん。ビックリしたわよ」

「捨て犬なんていているんじゃな。チワワなんて人気の犬種で、飼い主なんかすぐ見つかりそうなもんじゃが」

「もしかしたら捨てた人もそういう計算だったかもしれないわ。でもコロも今でこそ少し落ち着いたけど、最初なんか家から出ようとすると追いかけてきて大変だったのよ。その仕草が余計に可愛く思えてね」

「そうじゃな。ヒカリちゃん、今日もお疲れさん。ゆっくり休んでね。休日は休日で気晴らしも大切じゃ。ではまた来週な」

「うん、シンちゃんお疲れー」

ヒカリは私服に着替え店をあとにした。ヒカリがシェアハウスのドアを開けた途端、コロが「ワンワン」と吠え、ヒカリの足に飛びついてきた。

「はーいはい、分かったいい子ね、コロー」

ヒカリはコロを抱っこした。コロはヒカリの顔をペロペロなめまわす。

「ちょっとコロー、化粧が落ちちゃうよ」

ヒカリはコロを下ろし頭を撫でると、テーブルに座りスマホを開いた。コロはヒカリに寄り添いふせをしているが、どこか不安の宿る眼差しでヒカリを見ている。

ヒカリは、『闇チャン』というサイトを開き、最初にアウトロー板をクリックした。アウトロー板とは、暴力団、半グレなどの情報が投稿されている掲示板の事だ。中には悪口が書かれている内容や、ヒカリが以前少年院で知り合い、出院後覚せい剤の付き合いをしていたしずの話題を見かける事もあった。

ただ、しずの場合はアウトロー板に限らず他の板にも載せられていた。『サギ追放』という掲示板にも載せられていたが、内容は金を持ち逃げされたから捕まえたいので行方を知っている人がいたら連絡してほしいというものが多かった。投稿年月日から見て、しずは出所後も相変わらず悪事を繰り返しているようだった。そしてヒカリは『薬・違法』という掲示板をクリックした。

その先には、

白い天使

極上品質のアイスをあなたへ
０．３ｇ　１００００円
０．５ｇ　１５０００円
１．０ｇ　３００００円
全てＰ付けます。


などの投稿があった。白い天使というのは屋号で、覚せい剤の隠語にアイスが使われていた。その後には量と金額が書かれ、Ｐはポンプで注射器の事だった。

ひと昔前は、覚せい剤の取引と言えば、新宿やアメ横などで見かけた外国人か暴力団、または売り子などと通じていなければ、手に入れる事ができなかったが、インターネットが普及した今は、ネットで注文できるようになった。

ヒカリは薬物売買の掲示板にアクセスする事があった。しかし刑務所へは二度と戻りたくないという強い思いもあり、覗くだけにとどめていた。以前から、腕に注射器を刺している夢を見る事や、うなされて目覚める事もあったし、そのたびに激しい動悸に襲われたり、吐き気に襲われたりもした。ヒカリの渇望は日に日に増していった。

そしてとうとう限界が訪れた。ヒカリはシンちゃんに次の休日を二連休にできないかという相談をした。シンちゃんは快く了承してくれた。休日にヒカリはサイトを開き、西船橋近辺で取引できそうな売人を探した。しばらくスマホを操作していると、K本店という屋号で投稿されているのを見つけた。『指定場所は船橋駅近辺にて』と書いてあったので、すぐさま載せられている電話番号に発信した。

コール音が鳴り、すぐに警戒気味な男の声が聞こえた。

「はい」

「あの、掲示板見て電話したんですけど、今からって買えますか？」

「女性の方かっ。今までウチで買った事は？」

「いいえ、初めてです」

「そう、初めての方ね。だったら最初は0・3グラムのポンプ付きでの取引で、船橋駅北口で待ち合わせだけど、どのくらいで来れる？」

「今から二十分あれば着きます」

「分かった。したら北口に着いたら一度電話くれる？」

「分かりました」

電話は切られた。ヒカリはすぐさまバイクのキーを持ち、家から飛び出した。すかさずコロが「ワンワン」とヒカリを追いかけたが、何かに取りつかれたかのように、コロに目もくれず、ヒカリは家を飛び出した。

ヒカリの運転するバイクが船橋駅北口に着いたのは十分後だった。到着を知らせるため、

料金受取人払郵便

新宿局承認

3971

差出有効期間
2022年7月
31日まで
(切手不要)

郵便はがき

160-8791

141

東京都新宿区新宿1－10－1

(株)文芸社

愛読者カード係 行

お名前《ふりがな》		明治 大正 昭和 平成 年生 歳		
ご住所《ふりがな》	□□□-□□□□	性別 男・女		
お電話番号	(書籍ご注文の際に必要です)	ご職業		
E-mail				

ご購読雑誌(複数可)	ご購読新聞 新聞

最近読んでおもしろかった本や今後、とりあげてほしいテーマをお教えください。

ご自分の研究成果や経験、お考え等を出版してみたいというお気持ちはありますか。

ある　ない　内容・テーマ(　　　)

現在完成した作品をお持ちですか。

ある　ない　ジャンル・原稿量(　　　)

書　名				
お買上 書　店	都道 府県　　　　市区 郡	書店名		書店
		ご購入日	年　月　日	

本書をどこでお知りになりましたか?
1.書店店頭　2.知人にすすめられて　3.インターネット(サイト名　　)
4.DMハガキ　5.広告、記事を見て(新聞、雑誌名　　)

上の質問に関連して、ご購入の決め手となったのは?
1.タイトル　2.著者　3.内容　4.カバーデザイン　5.帯
その他ご自由にお書きください。
(　　)

本書についてのご意見、ご感想をお聞かせください。
①内容について

②カバー、タイトル、帯について

弊社Webサイトからもご意見、ご感想をお寄せいただけます。

ご協力ありがとうございました。
※お寄せいただいたご意見、ご感想は新聞広告等で匿名にて使わせていただくことがあります。
※お客様の個人情報は、小社からの連絡のみに使用します。社外に提供することは一切ありません。

■書籍のご注文は、お近くの書店または、ブックサービス(0120-29-9625)、セブンネットショッピング(http://7net.omni7.jp/)にお申し込み下さい。

ヒカリはスマホを操作した。すぐ男は電話に出た。

「もしもし少し早く着いてしまったんですけど、今北口にいますんで、具体的にどこにいればいいとかありますか？」

「うん。したらロータリー回る途中に国道側の方を向いて、すぐ左側に公園があるでしょ。目の前に不動産屋があってさ。その公園で待っててくれる？　これからそっち行くからさ」

「分かりました」

通話終了ボタンを押した後、再び覚せい剤を手に入れる事ができると分かり、ヒカリの渇望は最大限になっていた。激しい動悸、焦り、胃の中の物が逆流してきそうな嘔吐感。渇望時に起こる発作が強く訪れていた。今は一分一秒でも早く体内に覚せい剤を摂取しなければという思いにとらわれていた。

（早く来て、早く持ってきて、早く……遅い！）

ヒカリはスマホの時計を見た。電話を切ってからまだ二分しか経っていない。一分また一分と時間が過ぎていった。今の一分はヒカリにとっては一時間に感じられた。それはまるで地獄にいるようにさえ思えた。

（何してるのよ、一体何分待たせるのよ。遅過ぎる）

もはやヒカリは完全に冷静さを失っていた。その時だった。白いマスクをした30代くらいの男が、公園に向かって歩いてきた。

「お姉さんかな？」

「はい」

「したら少し付いてきてくれる？　この辺カメラたくさんあるからさ」

ヒカリは、なら違う所を指定しろよと思いつつ、男の言う事に従った。公園に入ると間もなく男は茶封筒を渡してきた。ヒカリが一万円を渡すと、もう用はないというように、男は来た道を帰って行った。

ヒカリは買った物をすぐさま公衆トイレに持ち込んだ。そして、震える手で何とか注射器の筒の中に結晶を詰めると、バッグからペットボトルを取り出し、キャップを開けた。そして、水を注射器で吸い上げると、結晶はすぐに溶けて水溶液となった。ヒカリは袖をまくり、自分の血管に注射器の針を突き刺した。押棒をピストンすると、水溶液はヒカリの血液へと入っていった。そして全てを入れ終えたヒカリは、針を抜いた。

その瞬間、激しい快感に襲われた。毛が逆立つように感じて、全身は鳥肌で埋め尽くされ、体は軽くなり、さっきまでの焦りや動悸、吐き気などは完全に消え失せていた。最高の気分だった。

ヒカリは残りの覚せい剤や注射器などをバッグにしまうと、公衆トイレから外へ出た。スマホで時間を見ると、午後6時43分になっていた。

覚せい剤を摂取したヒカリは新たな欲望に駆られた――ギャンブルだ。覚せい剤を使用すると直感が冴え渡り、ギャンブル運を一気に引き寄せられる気がする。

ヒカリは船橋駅近くのパチンコ屋までバイクを走らせた。

店内へ入るとアナウンスが聞こえてきた。

「いらっしゃいませーいらっしゃいませー。本日はお越しくださいましてありがとうございます。本日はスロットコーナーが大開放になっております。心ゆくまでお楽しみくださいませー」

「スロットコーナー、一九四番台大当たりスタートしました」

ヒカリはスロット台の椅子に座り、一万円札を投入して早速打ち始めた。今も快感のラッシュが続いている。

台を打ち始め、わずか二千円目にしてチャンスが訪れた。レバーを回した瞬間「ピュー」と花火が上がる音がして画面が暗くなった。ヒカリは慎重に左端のボタンを押した。まだ暗いままである。二つ目のボタンを押した。まだ暗いままである。三つ目のボタンを押したその時だった。「ドオーン」という音と共に画面が派手に光り出し右端の文字ランプの『たーまぁやー』という文字が点灯した。すかさずヒカリはレバーを回し7を目押しした。ビッグボーナスである。その後は連チャンモードに突入し五連チャンした後、百回転ほど回し、これ以上出そうになかったのでコインを換金した。

時間を見ると午後10時頃になっていた。未だ強烈な快感が訪れている反面、徐々にのぞみやコロへの罪悪感も湧き上がってきた。ヒカリはパチンコ屋の隣にあるディスカウントストアへ入った。コロが喜びそうな犬用のおもちゃとおやつをたくさん買い、バイクにまたがるとシェアハウスへ帰った。

ドアを開けると「ワンワン」とコロが迎えてくれた。コロはいつものようにヒカリの足元を走り回って嬉しそうにしてはいるものの、どこか不安気である。

「コロ、ただいまー、おもちゃ買ってきたからね。おやつもあるし、ほら食べな」

ヒカリはコロにおやつを与えたが、鼻でツンツンするばかりで食べようとしない。

「コロ、食べないの？　それじゃーお皿に入れとくからあとで食べてね」

ヒカリはコロのおもちゃをいつでも遊べるよう床に置き、部屋着に着替えようと自室へと入り、服を脱ぐと、自分の腕にある注射痕を確認した。少し赤く腫れていたがすぐ治るだろうと自分を納得させた。

そして、バッグから覚せい剤のセットを取り出すと水に溶かし注射した。再び快感のラッシュが訪れた。ヒカリは一旦ベッドで横になり、深呼吸をした。快感のラッシュが落ち着いてくると、スマホを操作し掲示板を開いた。よく見かけるスレッドばかりだった。他にも裏系の掲示板がないか、ひたすら検索をかけた。そして『静岡のあの人は今』と書かれたトピックがある暴露サイトに辿り着いた。

1月28日
平成25年度のM高校卒業の新見君、嫁さんとうまくいってなくて十円ハゲがたくさんできて大変らしいよｗｗ

Ｒｅ：新見知ってるよ。キツネ顔の新見だろ！
　中学の頃、先輩に取り入ってイキがってた。弱いクセにｗいい気味ｗｗ

2月1日
なかえ　しずってまだ刑務所にいるの？

Ｒｅ：もしかして覚せい剤売人のしずの事！　25歳くらいのカワイイ子！

Ｒｅ：出所してるでしょ！　しずに注意（汗）

Ｒｅ：しずといえばヒカリはどうしたのかな？

Ｒｅ：しずもヒカリもＳＥＸのやり過ぎで死にました！　イカレポン中の末路ｗｗｗ

ヒカリはスレッドを見て、すぐに自分の事だと分かったが、特に気にする事もなかった。

Ｒｅ：ヒカリこないだ西船橋で見たよ。

ヒカリは一瞬驚いた。ここにいる事は誰にも教えていない。

（誰が投稿したんだろ？）

最近関わっている人などを思い返してみたが、誰が投稿しているのか分からなかった。

ヒカリは、いけない、いけない、こんな事考えてても仕方ないと思い、気分転換にスマホゲームを始めた。世界のカジノゲームに挑戦し、大富豪を目指すというもので、ステータスで持っている所持金や今までのゲーム成績などを、オンライン上で他者と見せ合い、自慢し合ったりするゲームだ。

ヒカリは気晴らしにとは思ってプレイしたものの、集中できないでいた。ゲームを中断し画面オフにしたヒカリは、もう一度ベッドで横になり、深呼吸した。頭の中は、罪悪感や妄想が強くなっていたが、「ワン」というコロの声で我に返った。そしてドアの向こうから「ただいまー」とのぞみの声が聞こえた。

「コロ、ただいまー。うーん、よしよし。アレッ、ヒカリはもう寝ちゃったのかな？」

働いてヒカリも疲れが溜まっているのだと思ったのぞみは、声をかけなかった。

ヒカリは気まずかったため部屋にこもる事にした。やがて深夜３時を回った頃、のぞみが床に就いた。

ヒカリは再びスマホでゲームをしていたが、空がいつの間にか明るくなっていると気付き、スマホの画面をオフにした。ヒカリのバッグの中には残り一回分の覚せい剤が入っている。それをさっさと使って、これで覚せい剤を断ち切ろうか、それとも気分転換にお風呂でも入ろうかと考えた。休みはあと一日残っている事を計算しても、今すぐ使う必要はないと思い、とりあえず湯船にお湯を溜める事にした。ドアを開けたがコロはいない。どうやらのぞみの部屋で一緒に寝ているようだ。時計を見たら午前９時を指していた。のぞみとコロはまだ寝ているため、そっとバスルームに向かった。ペットボトルの水をたくさん飲みながら大量に汗を出し、一時間ほど湯につかっていたら、デトックス効果か、だいぶ心身共に楽になった。

そしてお風呂を済ませると、タバコを吸うため、すぐに自室に戻った。普段換気扇の下でしかタバコを吸わないヒカリだが、居間にいるのが気まずく感じ部屋で吸っていた。

その時だった。

「罪悪感にとらわれ、自分の家でまでコソコソしてしまうくらいなら覚せい剤なんて使わなければいいんじゃ！」

部屋の窓の向こうから声が聞こえた。おじいさんのようにか細い声だった。

ヒカリはカーテンと窓を開けてみたが、それらしき人の気配は感じなかった。窓を閉め、ベッドで横になった。気にはしたものの取り乱す事はなかった。きっと思い込んだ事と何か音を重ね合わせてしまっただけだろうと、自分を納得させた。

ヒカリは再びスマホを手に取り、今度はアダルト動画サイトを開いた。ヒカリも彼氏がいないからといって性欲がないわけではない。単にガードが固く、好みの男性と出会わないにすぎない。手軽に男友達で満たすという選択肢を持たないヒカリは、自分を満たす目的で、秘かに動画サイトを利用していた。

動画を検索していたヒカリは、次第に過去の出来事が頭に浮かんでくるのだった。未成年の頃に出会い系サイトで初めて自分に覚せい剤を勧めてきた刺青男との事。覚せい剤を打たれた瞬間、強烈な快感だった事。物思いにふけるヒカリの興奮は徐々に高まっていき、気が付くと残り一回分の覚せい剤を詰めた注射器を腕に突き刺していた。再び訪れる強い快感のラッシュ。強烈な快感に身を預けながらの自慰行為にヒカリは何度も絶頂を迎えた。

やがて性欲が満たされると激しい自己嫌悪に襲われた。時間を見ると正午を指していた。まだのぞみとコロは寝ている。ヒカリは軽く化粧をすると外へ出て昨日とは違うパチンコ屋へ行った。今日は昨日ほどスロットをやりたくはなかったが、これといって行く所もないし、何となく家にいるのも落ち着かなかった。

向かう途中の通行人の目が気になった。複数で通りかかる通行人はヒカリを見て何かをつぶやきながら通り過ぎていく…ような気がする。

パチンコ屋へ入った。数多く並んでいるパチンコ台やスロット台の音。店員のアナウンス。もはやヒカリには何の音か分からなかった。ヒカリはスロットを打ち、一時間で四連チャンした。今度はパチンコへ移り二時間で八箱積んだ。全てを換金しシェアハウスへ帰る頃には午後3時となっていた。ドアを開けるとのぞみとコロが出迎えてくれた。

「ヒカリお帰り。出かけてたんだね。何か顔色悪いけど大丈夫？　ちょっと休んだ方がいいんじゃない？　コロのご飯とか掃除は済ませてあるからそのまま休んで」

「うん、ちょっと休むわ。ありがと」

再び罪悪感を抱えながらも自室へと入っていくヒカリ。とりあえずバッグからタバコを取り出し一服した。再びバッグを開け中から覚せい剤の入っていたパケ（袋）を出してみたが、結晶のカスが残されているだけで注射器に詰めたものの、満足の得られる一回分には至らなかった。それでも水に溶いて注射すると多少の快感は訪れた。

パケの中身はカラとなった。これでもう覚せい剤は終わりにすると心に踏ん切りをつけた。もう自己嫌悪に陥る事も罪悪感に駆られる事もない。のぞみとコロに対して胸を張って一緒に暮らせる――そう考えたらとても気が楽になった。

部屋から出ると、のぞみが仕事に向かうところだった。

「ヒカリー、行ってくるねー」

「うん、行ってらっしゃい」

ヒカリとコロで見送った。

「コロ、ごめんね。でも安心してね。もう心配いらないよ。ずっと一緒だから」

「クゥーン」

ヒカリの目には薄っすらと涙がにじんでいた。


「おはよーございます。シンちゃんお休みありがとう。また今日から頑張るわ」

「おはよー、待ってたよ。やっぱヒカリちゃんがいないとな。昨日なんかヒカリちゃんがいないなら明日来るわと二組のお客さんが帰ってしまったよ」

「そんな事があったの」

「そうなんじゃよ。その人達は今日の午後にオイル交換に来るんじゃが、ヒカリちゃん指名なんじゃよ。ホントにウチの店は指名とかないんじゃがな。まぁ、そういう事だからひとつよろしく頼むな」

「分かったわ」

ヒカリは結局一睡もできなかったもののそれほど気が重くも感じなかった。二度と使わないと踏ん切りが付いたからだろう。そして仕事をこなし夕方過ぎにはシェアハウスへ帰ったが、次第に虚脱感に襲われてきた。その上、ここ三日近く水以外何も口にしていなかったが、未だ食欲は訪れなかった。ヒカリは経験上、このキレ目を乗り切らないといけない事を知っていた。

あくる日仕事から帰ってきたヒカリは、さらに強い虚脱感と激しい空腹感に襲われた。今までの栄養不足を一気に補おうとするかのように、一本目の缶ビールを飲み干すと、ヒカリの好きなカップ焼きそばを二個作って食べた。それでも空腹が収まらないヒカリはあり合わせの物で野菜炒めや鶏の甘辛煮などを作ると、テーブルに並べてビールを飲みながら一気にたいらげた。それでも満腹にならないヒカリのビールを飲むペースは早いままだ。やがて空腹が満たされてくると、今度はビールが効いてきたのかいい具合にアルコールが回ってきた。ヒカリはさらにアルコール度数の高いレモンチューハイのプルタブをあけた。

ヒカリの酔いも一段と増した頃だった。何気なくテレビに顔を向けていたヒカリの目に飛び込んできた映像は『覚せい剤使用者が今明かす衝撃のドキュメント』というものだった。映像を見ていたヒカリは覚せい剤を使用した時の強烈な快感を思い出していた。やがてそれが強い渇望へと変わるのに時間はかからなかった。

再びスマホで売人にリダイヤルから発信した。「二回目からは１グラムの取引になる」と言われ、同じ場所で待ち合わせをして購入した。１グラムと言えば前回の三倍以上の量のため、注射器も三本サービスしてくれた。三万円を渡し、物を持ち帰ると、早速部屋へとこもり腕に注射器を突き立てた。迫りくる快感、強烈なラッシュ、こんなに良いものがこの世に存在するなんてと改めてヒカリは実感した。

やがてのぞみが帰ってきたが、相変わらずヒカリは部屋にこもりっきりだった。そんな状況ものぞみは働く時間帯が異なるからだと、特に不審がる事もなかった。

自室にて激しい快感に身をゆだねているヒカリ。アルコールは醒め、覚せい剤による強烈な快感のラッシュが穏やかになって少し冷静になった。

またやってしまった。パケの残りを捨てるか。いや、できなかった。すでに底なし沼へと再び足を踏み入れてしまった。ヒカリは自分の思いだけではどうしようもない状況になっていた。ふとカーテンの方へ目をやると、外が明るくなっていた。窓の外から声が聞こえる。自分へ向けられた誹謗中傷だと思い、カッとなり窓を開けた。知らないおばあさん二人の当たり障りのない談笑なだけだった。幻聴・幻覚は次々と訪れる。辺りから聞こえる無線音。バタバタと捜査員が配置された。迫りくる警察。再逮捕の恐怖がヒカリを襲う。たまらず玄関から飛び出したが誰もいなかった。被害妄想で頭がおかしくなりそうだった。というよりおかしくなっていた。スマホの時計を見ると出勤時間が迫っていた。ヒカリは急いで支度をすると家から飛び出した。

「ヒカリちゃん、おはよーさん」

「う、うん、おはよー」

ヒカリの出勤にいち早く気付いたシンちゃん。だが覚せい剤にむしばまれつつあったヒカリはまともにシンちゃんの目を見る事ができず、適当に挨拶をするとすぐさま更衣室に駆け込んだ。


ヒカリはスタンドの皆に申し訳ない思いが強かった。次第に強い劣等感や自己嫌悪にとらわれ、覚せい剤使用者同士でないと向き合う事ができない精神になっていた。

スタンドの皆は依存症に苦しむヒカリを軽蔑するどころか、分かった上で受け入れ、ヒカリが更生を望むなら全力でカバーしようとしてくれる事をヒカリも分かっていた。

だがそれでは逆にプライドが許さないとの思いもあった。負けん気が強いヒカリは周囲からの支援を受ける立場となるのが我慢ならなかった。ましてやその理由が薬物依存症となれば、尚更の事だった。

このまま仕事をして大きな失敗はしないか、仮に覚せい剤の使用を止めたとして、まともに仕事をこなせるか、自分のミスで大きな事故につながる可能性はないか。ヒカリの心の中である決心が固まった。

「シンちゃん、ちょっといい？　大事な話があるの」

「おー何じゃい、ヒカリちゃん。何でも言ってごらん」

「じ、実は」

「なんじゃ」

「今日で私をクビにしてください」

「なんじゃって、ヒカリちゃんをクビって、そんな事するわけないじゃろ。何があったんじゃ、詳しく話してくれんかのぉ」

「急にこんな事言って、無責任って分かってる。でも私はこの職場にふさわしくないの」

「なんて言われてもクビなどせんぞ」

「シンちゃんお願い。クビが駄目なら今日で辞めさせてください」

「それも同じじゃ。ワシができるのは無期限の休暇にするって事じゃ。いつになってもいい。ヒカリちゃんが落ち着いた時に戻ってきてくれればいい」

「シンちゃん」

　ヒカリはシンちゃんの言葉に胸を打たれ、嗚咽を必死に耐えた。耐えようとすればするほど思いがこみ上げてきた。

　シンちゃんはこう切り出される事が分かっていた。ヒカリの顔色や纏っている空気の変化に出勤時から気付いていた。だが、そこにあえて自分から触れなかったのは、シンちゃんのヒカリへの思いやりだった。

退勤時は皆が見送ってくれた。誰も理由を聞こうとはしなかった。スタンドを出ようとするとシンちゃんに続き、皆が「行ってらっしゃーい」と言ってくれた。ヒカリも素直に「行ってきまーす」と返した。きっとまたヒカリが戻ってきやすいように配慮してくれているのだろう。

ヒカリはつくづく自分が嫌になった。職場を去る理由が、覚せい剤を断ち切る事ができないからという自分がとても嫌だった。早いところ薬を止めて体調を戻し、スタンドに復帰すると決意する。だが思いとは裏腹にヒカリの中毒はさらに進行し、それと並行して人格までがバラバラと崩れていった。

それからヒカリは連日クラブへ遊びに行くようになった。

サイドを短く刈り込んだ七三分けヘアのオラオラ風の若者が、テーブルの上でコカインの結晶を細かく砕いている。パウダー状にしたところで爪楊枝のように細長くセットし、財布からレシートを取り出した。素早く丸めてストローのようにすると、自分の鼻に差し込み、パウダーを一気に吸い込んだ。

「フォーーオ」

若者は奇声を上げ、二階中央にあるテーブルから一階のホールまで駆け出すと、狂ったように踊り始めた。足元を響かせる重低音、暗いフロアを照らすブラックライト、カウンターでは次々とビールやカクテルが提供されている。ヒカリは新宿にあるKというクラブに来ていた。二階中央に設置された丸いテーブルで、細長くセットされたパウダーを交互にスニッフ（鼻で吸い込む事）する若い男女。テーブルには一回分を充分に満たす量のパウダーがきれいに残されていた。

「ヒカリもキメなよー」としずが勧めてきた。

ヒカリは素早くレシートを丸めると鼻に差し込み、用意されているパウダーを一気に吸い込んだ。パウダーにされた結晶は、勢いよく鼻の奥の粘膜に吸収されていった。鼻腔で感じる凄まじい刺激が、すぐさま快感へと変化した。周りを見てみると、マリファナでも吸い過ぎたのか、半開きの目でフラフラと店内を歩き回る黒人、瞳孔を開かせ踊り狂う男女、血走った目つきで周囲を威嚇するオラオラ系の若者、酔いつぶれたのか、ソファーに倒れ込む男性が目についた。その脇には吐瀉物《としゃぶつ》が散乱していた。その悪臭にヒカリは思わず鼻をつまみたくなった。もっともこの荒廃した光景は今の自分にはお似合いだと思った。

「しずー、ところでアンタの事ネットで書かれてるの見たけど、こんなに人が集まる所に来て平気なのー？」

「そんな事気にしてたらどこも歩けないし、来るならどうぞって感じだしね。それに彼といる事が多いから何かあっても大丈夫よ」

総合格闘技の選手を連想させる、引き締まった身体に突き出した胸板、坊主頭にラインを入れたしずの彼氏の風貌は、一般人とかけ離れていた。

「ねーヒデくーん」

「あー心配すんなよ」

「ヒデ君はね、世田谷で一番大きいグループの藤川連合の幹部なの。仲間も多くて喧嘩も強くて超カッコイイの！」

高宮ヒデは、世田谷で名をはせた愚連隊藤川連合の幹部で、後輩連中を使いオレオレ詐欺や架空請求詐欺、十日で五割の超高金利の金貸し、脱法ハーブの製造や大麻栽培、中国人と組みクレジットカードの偽造などを行う、裏ビジネス界において、エリートといった人物だった。

だが覚せい剤の売買をしているうちに、自分でも使うようになり、泥沼にはまり込んでいった。次第に仲間からの信頼は失われ、連合の幹部ではあるものの発言力や内部での権力はなくなっていた。そんな時しずと出会い、共に覚せい剤に溺れる関係となった。

「しずー、俺は奥のＶＩＰルームにいるからな」

「うん、ヒデ君に会いたくなったら、私もＶＩＰルームに入ってもいい？」

「おー、いつでも来いよ。じゃあヒカリちゃん、また後で」

高宮は右手を上げると突き当たりにあるドアを開け、ＶＩＰルームの中へと消えていった。ドアを開けた際にチラッとだが、男の仲間以外に数人の女性も目についた。しずの心に軽い嫉妬が走る。気を紛らわそうとしているのか、しずはヒカリを踊りに誘った。

「ヒカリ、踊ろうー」

一階へ駆けていき、サイケミュージックに合わせて体を揺らし始めた。

＊

さかのぼる事二週間前、仕事場で無期限休暇を貰い帰宅したヒカリは、コロの相手もそこそこに、部屋の引き出しから覚せい剤を取り出し、腕に注射した。強烈な快感の訪れにさっきまで抱いていた罪悪感は消え失せようとしていた。ヒカリはしばらく開いていなかったSNSが気になり、何となく開いてみた。すぐさま一件のメッセージに目が留まった。

『ヒカリ久しぶりに会いたいよ♡　飲みに行こー　しず』

しずからメッセージが入っていた。

すでに覚せい剤が中心の生活になっていたヒカリは、かつて自分を売買へと誘い込み、懲役四年を打たれる元凶となったしずへの返信にためらう事はなかった。すぐさま返信したヒカリに、しずからの反応は早かった。

しずは彼氏と一緒におり、新宿のクラブとホテルを転々とする毎日を送っていて、積もる話もあるし、一緒にクラブに行きたいという事だった。ヒカリもしずに会いたいと強く思い、すぐに再会の日は訪れた。

待ち合わせ場所は、新宿の歌舞伎町にあるこじゃれた居酒屋だった。ヒカリはドアを開け中に入ると辺りを見渡した。ヒカリの来店にすぐさましずが気付く。

「ヒカリー」

「おー、しずー」

再会した二人は、ビールと適当なつまみを注文し、早速乾杯した。

「それにしてもヒカリ、久々ねー。アンタどこの刑務所行ってたのよ」

「私は札幌の女子刑務所よ。四年間無事故無違反よ。どう、優秀でしょ」

「すごいじゃない。四年って事は、一年は仮釈放を貰ったって事ね」

「アタシは堂々と出所したかったから、仮釈放を貰わないで満期で出てきたの。でも出るまでの四年間は結構キツかったわよ。中にはこんな事もあったわ。ある時同じ部屋の誰かがアタシのサンダルにウンコ塗ったみたいで、それに気付かないで朝出役する時、知らずに履いちゃって大変だったわ」

「キャハハハハ、そりゃ大変だったわね」

「そうね。でもアタシもすごく頭きてたから、その時履いてた靴下もサンダルもウンコだらけのまま履いて帰ってきて、問い詰めたら犯人めくれたから、そいつの顔に塗ったくってやったわよ」

「キャハハハーやっぱヒカリね。やられたままで終わらないのがアンタの恐いとこだもんね」

「多少の事は我慢するけど、いくら何でもウンコはやり過ぎよ。アタシが嫌いなものナンバー3はゴキブリ、ウンコ、クモってくらい苦手なの」

「そりゃウンコ好きって人なんかいないわよ」

「それでウンコ事件のあとは独居転房の順番が回ってきたから、それからは落ち着いて生活できたわ。そうこうしてるうちに洗濯工場の班長に任命されたりして、そこからはアタシもいっぱしの模範囚よ」

「なるほどね」

「しず、アンタはどこの刑務所にいたの？」

「私は笠松刑務所よ。模範囚どころかトラブルばかり起こして何度も懲罰。お陰で私も満期よ。私がいたとこは派閥があって力のある人が何人かいて、大体の子はどれかのグループに入るんだけど、私が入っていたのが住倉会系の枝の組長の姐さんが仕切ってるグループで、その姐さんがしょっちゅう絵図を描いて気に入らない相手のグループのメンバーをハメて工場から追い出すわ、すぐケンカ吹っかけるわで大変だったわ」

「そうなんだ。それに比べて北海道は派閥争いとかはなかったし、ウンコ事件はあったけど、それ以外は特に何もなく平和だったわー」

「そうなんだー。ってか、ヒカリが相手に仕返しした話にみんなビビって平和だっただけじゃない」

「アハハハー確かにそれは部屋でやった事なんで看守にはバレてないけど、次の日工場行ったらアタシが仕返しに同じ部屋の奴にとんでもない事したって噂になってたもんね」

「きっと看守も知ってるわよ。でもヒカリはヤバイって見て見ぬ振りしただけよ」

「ハハハーすごい言われようね」

「ねえ、ねえ、ところでさ」

途端にしずの目が怪しく光る。急にバッグに手を突っ込むと、すぐさま透明の小さなパケを取り出しヒカリに見せた。

「ねぇねぇ、コレあるよ。一緒にどう？　どうせヒカリの事だから男もご無沙汰なんでしょ？　ポンプもあるし、キメてクラブ行って、イケメン釣りに行こうよ」

ヒカリは職務質問された時の事を考えて、外には持ち歩かない主義だった。今使う分と新しいポンプをしずから貰い、居酒屋のトイレに二人で入り、覚せい剤を注射した。その瞬間さっきまで回っていた酔いが一気に吹き飛び、快感のラッシュに身体全体が支配された。同時にヒカリはクラブへ行く気持ちになり、二人はしずの彼氏がいるクラブＫに向かった。

＊

ヒカリとしずは壁際に設置されたソファーに腰を下ろしていた。

「強烈なビートが体の中に流れてくるこの感覚がたまんないわー」としず。

ヒカリは辺りを見ながら首でリズムを刻んでいた。

「ねぇーヒカリ、ＶＩＰルーム行かない？」

「うん」

しずは気にしていないようで、内心は高宮の女性関係を気にしているのだとヒカリにはお見通しだった。二人は立ち上がった。しずは、ＶＩＰルームの扉をノックしてドアを開けた。中へ入ると巻き髪のキレイな女が高宮にしなだれかかり顔を近づけ話している光景が目に飛び込んできた。その時だった。

「テメーふざけんなよ、クソ女」

「はぁ？　何キレてんの。てかアンタ誰？」

「アタシのヒデ君にベタベタしやがって、何してんだよ」

しずは声を荒らげ女に掴みかかった。途端に相手も立ち上がり応戦を始めたが、すぐに高宮以外の数人の男が止めに入り、二人を引き離した。

見るに見かねた高宮が立ち上がり、しずに近寄った。

「しずー、ただ飲んで話してただけだろ。少し落ち着けよ」

「何よ、あんなにベタベタしやがって。普通に飲んでるだけには見えねーよ。後で来いとか言っといて、ナメてんのかよ」

「誤解させたんなら悪かったよ。だから落ち着け」

「ふん、もういーわよ。ヒカリ行こ」

「う、うん」

「おい、しずー待てよ」

しずは、高宮の声など聞こえないとでも言うようにＶＩＰルームを飛び出した。そのまま一階にあるカウンターまで走っていった。ヒカリはしずの後を追った。

「バーボンをロックでちょうだい」

しずはバーボンを受け取ると一気に飲み干した。強烈なアルコールに、やけどしたかのような錯覚が内臓全体へじりじりと沁みわたる。しずの目はすっかり充血していた。

「あのクソアマ。しっかり着飾って、色目使いやがってマジ気にくわねー。ヒデもあの女の肩持ちやがって。ねーヒカリ違うクラブ行こ」

「えっ、いいけど」

「近くにＨってクラブがあるんだけど、行ってみない？」

クラブＨは、元々クラブＲという薬物乱用者ばかりが集まる事で有名なクラブだった。

そのため警察から圧力がかかり、形だけ変えて現在も営業を続けているのである。

ヒカリとしずは、クラブKをあとにしてクラブHへ向かった。店は地下にあるため階段を下りた。ドアの前では黒人二人が言い争いをしていた。どちらも目が血走っていて口角は泡にまみれていた。何かしらの薬物を使用している事は明らかだ。ヒカリとしずは入口に着くと料金を支払い、中に入った。素早く切り替わる照明に、強烈なビートがヒカリとしずを包み込んだ。

白いカウンターから出てきたキャップを被った男性に声をかけられた。しずは、いらないとばかりに手をひらひらさせていた。気になったヒカリはカウンターに近づき覗いてみると、たくさんのジョイントがキレイに並べられていた。ジョイントとは大麻やハーブなどが紙に巻かれ、火を点ければすぐ吸える状態にセットされているものだ。ジョイントは五種類に分けられていて、それぞれ別の名前だった。

「お兄さん、これ本物?」

「まさか！　さすがに大麻を売ってたらマズイでしょ。ここに並んでるのは規制前のハーブだよ。一本八百円だけど、どう?」

「うーん、遠慮しとくわ」

ヒカリとしずは入店の際に貰ったコインを、カウンターの女性に渡すとドリンクを受け取り、近くの椅子に腰を下ろした。辺りはジョイントを咥えて体を揺らしている若い男女達で溢れていた。床には小さな透明のパケや注射器などが落ちていた。違法スレスレを明らかに通り越して、ここまで荒廃したクラブもまれである。だがこれでは再び警察の取り締まりにあう日は、そう遠くないのは明らかだった。

しずはこのクラブを何度も訪れているようで、顔見知りの客もいる様子だった。その時、二人の男がしずの方に向かってきた。

「おーしずー、いつ見てもキレイだねー。ところでそちらのお連れさんは？」

「おー圭くん、来てたんだー。この子はね、友達のヒカリ、仲良くしてやって」

「はじめましてヒカリちゃん、俺が圭でコイツが一信《かずのぶ》、よろしく」

「こちらこそよろしく」

「ところでしずー、俺ら店でハーブのジョイント買ってキメたんだけど、何かとび足りなくてさぁー、Ｓ（覚せい剤）手に入んないかなぁ？　一万円分くらい欲しいんだけど」

すかさず、しずはバッグの中に手を入れ、小さなパケを取り出した。

「ひゃっほーさっすがしずー。で、い、一万円でいいのか？」

「いいわ」

しずは一万円を受け取るとパケを渡した。圭と一信はパケの端を破り、中の結晶をカウンターに落とし素早くライターで潰しパウダー状にすると、レシートをストローのようにして鼻に差し込み、パウダーを交互に吸い込んだ。

「フーゥー、しずー、これ上物じゃん」

「ねーそんな事よりさ、圭くん達はこの後暇よね？　私達が遊んであげるから四人で入れるカラオケ付きのラブホ手配しといて」

「えっ、ラ、ラブホ？　お、俺達時間空いてるけどさ、ちょっと待って、一信にも聞いてみるから」

圭と一信はしずから少し離れた。

「なー一信、これって、しずとヒカリちゃんとやれるって事だろ！　やべ、俺もう勃ってきちゃった」

「そーかもしんねーけど、ヒカリちゃんはともかく、しずは高宮の女だろ！　もしバレたら俺達殺されるぜ。それにこのクラブも高宮達の息がかかってるって話だし、やべんじゃね？　俺、一発のセックスで命失うのは嫌だぜ」

「た、確かにな、でもどうするよ。断わったらしずは怒り出しそうじゃね？」

「だとしても手え出して高宮にバレる方がもっとやべーだろ」

「そうだな、仕方ねえから断わっか」

そう言うと、圭はしずの所へ戻った。

「しずー、俺達今日は都合が悪いんだ。ごめん」

「ふーん、じゃあさっきのＳ返して！　アンタの頼みを聞いてやったのに、こっちの頼みを断わるっていうなら取引はなかった事にするから」

「えっ、返せっていっても、もう俺と一信で一発ずつキメちゃったから、ほとんど残ってないんだよ。それとも残った分を返せばいいか？」

「んなわけないじゃない、元通りに戻して早く返しなさいよ」

「だって、俺らしずんとこ以外Ｓ買えるとこないし、返せって言われてもどうしようもねーよ」

「ふうん、この私をアナタ達はひっかけたって事ね。よく分かったわ。この事は後日きっちり落とし前つけさせてもらうから、今すぐ私の前から消えな」

　圭と一信は、もはや覚せい剤の快感などはどこかへ吹っ飛び真っ青である。ある事ない事を高宮に吹き込まれ、激昂した高宮達からヒドイ目にあわされる恐怖に支配されていた。しずは元々性悪女だ。圭達が恐怖を感じ始めているのを見て楽しくなり、もっとビビらせて、その表情や反応を見ていたくなり追い詰めているのだ。ヒカリは黙ってその様子を観察していた。圭と一信は立ち去るに立ち去れない様子である。

「なぁ、どうすりゃいいんだよ」

「あら、アンタ達まだいたの。何、そんなに許してほしいわけ？　しょうがないわね、だったら他の条件にしてあげる。ところでアンタ達、今いくら持ってる？」

　圭と一信は自分の財布を開き中身を確認した。

「俺が三万で、一信が二万八千だけど」

しずはバッグの中に手を入れて、透明のパケを三つ取り出した。

「ハイ、これ三つで五万八千でいいわ。それで許してあげる」

「えっ、みっ三つなら、さ、三万じゃ……」

「ちょっとアンタ、まだ文句あるっていうの？　だったらいいわ、あとはどうなるか知らないよ、さっさと消えな」

圭と一信は、それで狙われずに済むならと、二人とも財布に入っていた全財産をしずに渡し、代わりにパケを三つ受け取った。

「これで恨みっこなしで頼むよ」

圭と一信はしずの言う通りにするとホッと胸を撫でおろして、クラブの出口へと足を向けた。

「ちょっと待ちなよ」

しずが言うと圭と一信はビクッとして足を止めた。

「アンタ達文無しでどうやって帰るのよ。キセルでもする気？　これ電車代よ。次に会った時、百倍にして返してもらうから、そんなにビビらないでよ。冗談よ、たくさん買ってくれたお礼よ。その代わり捕まっても入手経路は絶対喋ったら許さないからね。ではさよなら～」

圭と一信は逃げるようにクラブの外へと走っていった。二人がクラブを出た途端、しずは両手を叩き一人で大笑いを始めた。どうやら圭と一信のビビりっぷりが、よっぽどツボに入ったようだ。腹を抱えて笑っている。ヒカリはやや呆れた顔をしずに向けていた。

「それにしても、しずもよくやるわねー。アタシ、男からカツアゲしてる女は初めて見たわよ」

しずは笑いを中断しヒカリへと向き直った。

「ヒカリ、人聞き悪いわね。私がしたのは商売よ、つまりビ・ジ・ネ・ス。カツアゲなんてガキみたいな事はとっくに卒業してるわ。それに、去り際に三千円もあげて、良心的な姉さんと言ってほしいくらいだわ」

「そうね、確かにビジネスはビジネスね。それより、しずの彼はよっぽど影響力があるのね。あの人達、しずが脅かしたら顔が真っ青になってたよ」

「情けないよね。何もアヤつけられる事なんてしてないのにね。男の世界だとそれだけヒデ君は恐いって事なんだろうね」

「そうね。でもそれなら、このクラブでどうやって遊ぶ男見つける気だったのよ」

「え……そのへんの事は何も考えてなかったわ、へへッ」

しずは舌をペロッと出して小悪魔のように可愛く笑った。

「このクラブに来てる男達はだいたいヒデ君の事知ってるから拒否られそうだし、仮に見つけてもヒデ君にバレる可能性もあるから、それはアタシも嫌だし、うーんどうしたもんかな…」

しばらくしずは考えて、バッグからスマホを取り出し画面をタップした。

「仕方ないか、この手で行こう。ねぇヒカリ、キメ友掲示板って知ってる？」

キメ友掲示板というのは薬物を一緒に使用して楽しめる友達を募集する掲示板である。

「知ってるよ」

「今からアタシが投稿するから、ヒカリは男の希望とかある？」

「イケメンならいいけど、顔を見てみないと何とも言えないわ」

「そうね。じゃあとりあえず20代後半から30代までのイケメン二人組って条件で投稿するね」

しずはカウンターの椅子に座り、早速スマホの画面をものすごい速さでタップとスライドを繰り返した。しずが男を釣るために使ったサイトはアングラ掲示板内にある『キメ友募集～新宿、渋谷、池袋』というスレッドだった。しずは『今から4Pできる20代後半～30代のイケメン二人組がいたらメールください。カラオケ付きのラブホでしょ。新宿発、20代美女二人組より本日限定』と投稿した直後、しずはタバコに火を点けたが、一本吸い終える前に一通目のメールが届いた。すぐさま確認すると、メールを送ってきた相手はヒカリとしずと同世代との事だった。そして肝心の顔を確認した。

「ヒカリーどうかな？」

「うん、悪くないじゃん」

しずとヒカリで写真を見ていると二通目のメールが届いた。しずはスマホの画面をスライドし早速確認した。ヒカリもしずも即決だった。二人は広樹と賢吾という30代の男性だった。少し長めの髪を部分パーマで後ろに流していて優男といった感じの広樹に、ピンクのシャツが似合っているさわやかな印象の賢吾。四人は新宿で合流し、とりあえず近くの居酒屋へ入る事にした。広樹と賢吾は写真で見た通りさわやかでとても感じがよく、イケメンだった。特に賢吾は盛り上げるのが上手で場を和ませるのも上手だった。四人は意気投合し、酔いも回ってきたところで居酒屋を出て、しずが知っているという四人でも入れるカラオケ付きのラブホテルへチェックインした。

「すっげー、めっちゃ洒落たホテルじゃん」と広樹。

「マジかよ、ここすげー」と賢吾。

驚くのも無理はなかった。四人が入ったこのホテルはカラオケルームとベッドルームが別々になっている。カラオケは最新式で、ベッドルームは十五畳ほどあり、クイーンサイズのベッドが二つ並んで設置されていて、壁には60インチの大画面テレビがかけられていた。

四人はカラオケルームに入り、しずが我先にとリモコンを手に取り、加藤ミリヤの「今夜は「ブギー・バック」を入れた。しずの隣には広樹が座り、この曲をデュエットしてすでに良い雰囲気である。ヒカリの隣には賢吾が座り、曲選びをしながら顔を近づけ話している。どちらもいつ始まってもいいくらい良い雰囲気だった。全員が最初からそのつもりで来ているので当然かもしれない。

皆で三十分ほどカラオケをしていたが、しずが広樹の手を取りベッドルームへ消えていった。テーブルには使用した直後の注射器があった。

2

「ねぇねぇ、ヒカリちゃんとしずちゃんは今日はクラブにいたんでしょ？　掲示板で探さなくてもたくさんナンパされたりしなかった？　何か俺今でも信じられないよ。こんなキレイな子二人が揃ってキメ友掲示板で男探してるなんて。何か裏があったりしないよね？恐い人が出てきたりとか、美人局《つつもたせ》とか」

「何もないわよ。そんな事よりアタシ達も楽しみましょ」

ヒカリと賢吾もそれぞれが覚せい剤を注射し、すでにしずと広樹が楽しんでいるベッドルームへ共に入っていった。

「……今朝6時30分頃、池袋駅西口にある公園内公衆トイレで人が倒れているとの通報を受け、救急隊と警察が駆け付けたところ、20代前半の女性が倒れていたので病院へと搬送されましたが、その後死亡が確認されました。……女性は21歳で、倒れていた女性用トイレに、使用済みと見られる注射器とパウダー状の白い粉が入った小さな袋が落ちているのを、駆け付けた警察が発見した事から、薬物の過剰摂取による中毒死とみて捜査を進める方針のようです。それでは続いてのニュースです……」

「恐いわねー。それにしても最近ヒカリどうしたのかな。全然家に戻ってきてる気配もないし、少し病んでるようにも見えたし、ちょっと心配よね。ねぇコロもさみしいよね……」

「クゥーン」

コロはヒカリの部屋のドアの前で丸まりながら顔をうずめていた。のぞみはスマホをタップしヒカリに発信したがつながらなかった。

「仕方ないか。それじゃコロ、仕事行ってくるわね」

コロは顔を上げたが、またすぐ顔をうずめてしまった。

「ほら、コロ元気出しなさい。大丈夫だからね」

のぞみはコロを抱っこすると顔を近づけてそっとキスをした。

のぞみは仕事へ向かうため、玄関に向かった。コロは元気がないながらも、のぞみの出勤を見送るように玄関へゆっくりと歩いてきた。

「店長おはようございまーす」

「のぞみちゃん、おはよー」

店内は土曜日という事もあって、すでに半分の席が埋まっていた。のぞみは素早く着替えると接客を始めた。

「いらっしゃいませー、二名様ですね。こちらへどうぞ」

「お待たせしました、ホルモン三種盛りです」

ピークが過ぎ、多少店内が落ち着いてきた時の事だった。年配の男性と若い女性二人の三人組の客からのぞみは視線を感じていたのが気になり、客の元へ注文かと思い近づいていった。

「お客様ご注文ですか?」

のぞみは笑顔で問いかけた。すると年配の男性が聞いてきた。

「あのお尋ねしますが、河中ヒカリさんをご存知ですか?」

「えっ!」

「あっ、こりゃ失礼しました。私、ガソリンスタンドを経営しています平野信造と申します」

と言い、丁寧にお辞儀をした。

「あの、のぞみさんでいらっしゃいますか？」

「はい、のぞみですけど…もしかして、ヒカリからシンちゃんて呼ばれてませんか？」

「ええ。ヒカリちゃんをはじめ、スタッフの子達からはそう呼ばれています」

「そうでしたか、ヒカリから聞いていますよ。みんな気持ちのいい人ばかりの職場だと言っていましたよ」

シンちゃんは、のぞみに分かるように事の経緯を一から丁寧に説明した。

のぞみは、ヒカリが今の職場を必死になって探してくれていた事を知り、目に一瞬涙が浮かんだ。

「そうだったんですか」

「どうですか、最近のヒカリちゃんは。最後の出勤の時のヒカリちゃんは、すごく心が不安定な様子だったので、みんな心配してるんです」

のぞみは最近ヒカリと顔を合わせていない事、ほとんどの時間を外出している様子である事などを伝え、何かあればシンちゃんに連絡すると約束した。

「クゥーン」

のぞみは仕事が終わり帰宅した。いつものようにコロが玄関で待ち、出迎えてくれた。

ヒカリがいないのでコロは少しさみしそうだった。のぞみは最近仕事が終わり帰宅すると、深夜番組を見ながら、桜味のチューハイを飲むのが楽しみとなっていた。

「コローおいで、大好きなおやつだよー」

のぞみが呼んでもコロは来る気配がない。

「もう、またヒカリの部屋にこもってるのかな」

のぞみは少しだけドアの開いたヒカリの部屋を覗き込んだ。コロは部屋の中でラグに転がる何かを鼻でツンツンしていた。

「コローほらおいで。一緒におやつ食べよう。こっち来てー」

ここまで呼びかけても来ないコロに、のぞみは違和感を持った。すぐさまその感情は不安や焦りに変わった。コロが鼻でツンツンしている物を何だか分からず口に入れて喉に詰まらせてしまうかもしれないと考えたのだ。のぞみはヒカリと同居しているとはいえ、ヒカリの部屋に勝手に入るような事は絶対にしなかったが、仕方ない、コロを守るためにと自分を納得させ、ヒカリの部屋に足を踏み入れた。

「ヒカリ、ゴメン。ちょっと失礼するね」

のぞみはすぐさまコロを抱え上げ、ラグに落ちていた物を確認した。手に取ってみると針がむき出しの注射器だった。すぐ横には白いキャップが落ちていた。針にキャップを被せコロが届かないタンスの上へそっと置いた。コロを抱いたままのぞみはテーブルへ戻り、何事もなかったかのように、晩酌を再開した。

コロはおやつをなめている。注射器を見たのぞみは衝撃を受けなかったと言えば嘘になる。だが、それ以上に複雑な感情にとらわれていた。

人は誰しも知られたくない秘密がある。自分はそこに土足で踏み込んでしまったのではないか。体を壊しニュースで見た女性のように薬物の過剰摂取で急死したりはしないか。頭がおかしくなり、錯乱し出すのではないかなど、不安や心配要素を考え出すとキリがなかった。また、仕事を辞め家に帰らなくなったのは薬物使用が原因だと、たやすく想像できた。テーブルに置いてあるスマホを手に取り、シンちゃんへの発信をタップする直前で踏みとどまり、スマホを画面オフにし、バッグへと放り込んだ。今はまだ黙っていようと思った。ヒカリを問い詰めてからにするか、いや、自分がそこまで踏み込める立場なのか、やぶへびにならないか、今後どうなっていくのか。全てがどうすればいいか分からなかった。答えが出せなかった。とりあえずヒカリの様子を確認するのが先決だと思った。

時計を見ると深夜1時を過ぎていた。ヒカリに電話をしようと思ったが、時間も遅いと思い床に就いた。

正午ジャストに目を覚ましたのぞみはヒカリに電話した。

「もしもしヒカリ、今どこにいるの？」

「うーん、友達のとこかな」

「ねえ、最近アタシ達、全然会ってないじゃん。それに明日は休みだから、もし良ければ今日の夜か明日にでも飲みに行かない？　とってもおいしそうな焼鳥屋見つけたの。ヒカリも好きでしょ？」

「うーん、そうね。それじゃ……ちょっと待っててね、すぐに折り返す」

電話が切れた。今のところヒカリと話していて特に違和感はなかった。そうよ、考え過ぎよ。だって一緒にクラブ行った時だって、覚せい剤を勧められても断っていたし、誘ってきた男、ひっぱたいて出入り禁止にまでなったのに、ワザワザ手を染めるような事するわけないわと思い直し、疑ってしまった自分を反省した。ヒカリから折り返し電話がかかってきた。

「もしもしのぞみ、今は家にいるの？」

「そうよ」

「誰といるの？」

「えっ？　誰とって一人よ」

のぞみの中に少し違和感があった。すぐさま違和感は確信へと変わった。

「のぞみ、確認したいから、ビデオ通話に変えて。部屋の中全体を映して。そしたら玄関出て付近の様子も見せて」

のぞみは言われた通りに映していった。ヒカリが何を考えているのか分からなかった。

なぜ自分がそんな事をさせられているのかもよく分からなかった。ただヒカリが何かを疑い、何かを警戒している様子である事だけは分かった。ヒカリの機嫌を損ねたくなかった。だから何も言わず、言う通りにした。悲しくなった。

　私、信用されてないのかな。もしかしたら、私の事嫌いになったのかな。公園で夜一人泣いていて、不良少女に絡まれているのを見るに見かねて、ルームシェアをする事になっただけ。ヒカリからしたら、それ以上でもそれ以下でもないのかもしれない。

　そして、本日の午後11時30分に西船橋駅北口にある焼鳥屋で飲む約束になった。

のぞみは約束の十分前には店の前に立っていた。時間に正確なヒカリに合わせての事だった。約束の時間を少し過ぎた頃、ヒカリから電話があった。少し遅れるから店に入って待っててとの事だった。十五分ほど約束の時間を過ぎた頃にヒカリが現れた。前よりも少し痩せて、目つきもきつくなり、以前よりもとっつきにくい雰囲気を纏っている。心なしか顔色が悪く、やや表情が強張っていた。以前までのヒカリとは、全てにおいて変わっていた。

　のぞみはシンちゃんとの出来事や注射器の事は一切話さず、コロの事や仕事場での話など、当たり障りのない話をした。ヒカリは気まずいのか、何かを警戒しているのかあまり話さなかった。飲み始めて一時間もすると、ヒカリはコロに会いたいと言い出した。二人は、ある程度腹を満たすと店を出た。二人でシェアハウスまでの道のりを歩いていた。

「こうやって二人で歩くの久しぶりだね」

のぞみの問いかけに「そうね」と言葉を返しながらも、ヒカリはどこか上の空だった。道中ヒカリはたびたび後ろを振り返ったり、通り過ぎる人を気にしたりと落ち着きがなかった。

シェアハウスに到着しドアを開けた途端、ちぎれんばかりに尻尾を振ったコロは、勢いよくヒカリに飛びついていった。

やがてヒカリは自分の部屋へ入り、ドアを閉めるとガサガサと音を立てながら何かを始めた。

その時だった。「ガタン」という音と共に「痛っ」という声が聞こえた。コロはヒカリの部屋の前でお座りをしていたが、声と共に立ち上がり、心配そうにドアの前でウロウロしていた。のぞみはヒカリと話すため、テーブルにビールと柿ピーを並べ、様子を窺っていた。だがヒカリは部屋から出てくる気配がない。のぞみは自分から声をかけた。

「ねーヒカリー、こっち来て飲み直さない？　コロもさみしそうよ」

その時だった。ヒカリは勢いよくドアを開けるとのぞみに近寄ってきた。

「のぞみ、アンタ何企んでるのよ。アンタ達が部屋に仕掛けたカメラを早く外しなさいよ。警察とグルになって私をハメようとしてるのは分かってるのよ。拾ってやった恩も忘れてクソ最低なクズ女が！」

ヒカリはのぞみに罵詈雑言を浴びせてきた。

真っ赤に充血した目は焦点が合っていなかった。凄まじい形相で騒ぎ立てるヒカリの言動は常軌を逸していた。なぜ自分に向けられているのか分からなかった。注射器の発見に続き、ヒカリの不自然過ぎる振る舞いから、すでにのぞみの中でヒカリの覚せい剤使用は確信に変わり、状況は深刻で重大である事が分かった。のぞみは深呼吸した。

「ねぇヒカリ、ちょっと座って」

「何だよ、この裏切り者のメスブタ女。テメーと話す事なんて何もねんだよ」

のぞみは覚せい剤を使用した事がないためヒカリの状態が分からなかったが、自分が疑われている事が本当に悲しかった。

今にも殴りかかってきそうなヒカリに、のぞみは怯《ひる》む事なく諭《さと》すように話しかけた。

「ねぇヒカリ、実は謝らなければいけない事があるの。だから落ち着いて聞いてくれる？私は警察とグルになるどころか、小学校の交通安全教育の時以来、話した事もないし、ヒカリをハメるなんて、考えた事もない。それと私は何があっても、世界のみんながヒカリの敵になっても、私だけはアナタの味方だから、どうか私を信じて話を聞いて」

ヒカリは少しビックリした表情になりながら、のぞみの話に耳を傾けた。

「実はね、コロにおやつをあげようと思って、呼んでもなかなか来なくて気になって、いつものようにヒカリの部屋でいじけているのかと思い、ドアの前からコロを呼んだの。もちろんその時点で、ヒカリの部屋に断りなしに入るような事はしていないわ。それでね、コロを見るとラグに落ちている小さな何かを鼻でツンツンしてるの。ラグに埋もれて何かは分からなかった。でもいくら呼んでも来ないし、あまりに夢中だから、コロもまだ子犬だし、ラグに落ちている物を口に入れてしまって喉を詰まらせてしまったらと思い、そしたら居ても立ってもいられなくなり、ヒカリには悪いとは思ったけど、部屋に入ってコロを抱いて落ちている物を拾ってタンスの上に置いたの」

ヒカリの表情からみるみる険しさがなくなっていく。

「そうだったんだ。それでタンスの上に注射器が置いてあったんだね。正直アタシも部屋に入って、タンスの上に注射器が置いてあるのを見てビックリしたわ。置いた覚えもなかったから。それで色々変な事考えちゃって、アンタにヒドイ事言っちゃったね、ゴメン。そもそもアタシがしっかりと管理してれば、ラグに落としてコロに危険が及ぶ事もなかったし、のぞみはそんな危険を回避してくれたんだもん、むしろお礼を言わせてもらうわ。でも呆れたでしょ、こんな事やってるなんてさ。注射器何に使うかはアンタも分かるでしょ」

「もちろん何に使うか分かるわ。それにビックリしてないと言えばウソになる。だけど、それよりも余計なお世話かもしれないけど、心配って気持ちが一番強い。だって薬で命落としたり、捕まったりしたらとても悲しいわ」

「それは分かってるよ」

「薬、止めてほしいな、今までみたいに美人でかっこいいヒカリでいてほしい」

のぞみはそう言い笑顔を向けた。

「ねっ、私、何でも協力するから覚せい剤止めて立ち直ろ」

再びヒカリは怒り出した。

「アンタさ、簡単に言うけどさ、分かって言ってんの？　止めようと思って、簡単に止められたら苦労しないんだよ。アタシのやる事が面白くないなら、出て行けばいいじゃない。何よ、自分はまともだからってアタシの事、バカにしてんの？　アタシのやる事に口出しすんなよ。文句があるなら出て行けよ。だいたいアンタみたいに普通に生きてる人間に、アタシ達みたいに過去の出来事が足かせになって、人生狂わせても必死にもがきながら生きてる人間の気持ちが分かるわけないじゃない！」

「ちょっと待ってヒカリ、そんな事言わないで。私、本当に悲しくなるの。バカになんかしてないし、文句があるとかでもないの。私はただヒカリと仲良くしたいだけなの」

「だからアンタそういうのが余計なお世話だって言ってんの。何でそれが分からないの」

のぞみは確かにヒカリの言う通りだと思った。いくら自分がヒカリの気持ちを理解しようとしたところで分からないものだし、共感など得られるはずもなかった。のぞみに一つの大胆な考えが浮かぶ。途端に思いも寄らない事を言い出した。

「私もう良い子ぶるのやめるわ。実はね、黙ってたけど前から覚せい剤に興味あったの。この際だからハッキリ言うわ。私にも覚せい剤売って」

「はぁーアンタ何言ってんの！　っていうかよくそんな事が言えるわね。アタシをからかってんの？」

「からかってなんかいないわ、私は本気よ！」

「ハイ、いいですよって渡すわけないじゃない！」

「ヒカリはよくて、私はダメなの？　それこそおかしいじゃない！　でもダメなら無理にとは言わないわ。最近店に飲みに来たヤクザみたいな人から『飲みに行こう』って電話番号も書かれてあるメモを貰って、その人に頼むからいいわ」

のぞみはスマホにメモの番号をタップし始めた。ヒカリはその行為が危険である事をよく分かっていた。

「分かったわ、分かったからスマホを置いて」

「ヒカリがそう言ってくれて良かったわ」

「注射器はサービスで貰ったものだし、覚せい剤は一回分なら三千円でいいわ」

のぞみが三千円渡すとヒカリは自室へと入り、注射器に一回分を詰めてのぞみへ手渡した。

「ヒカリ、どうすればいいか教えて」

「わ、分かったわ。でも何か罪悪感があるわね。まずはこの辺りまで水を入れて覚せい剤の結晶を溶かして」

のぞみは言われた通り注射器に水を吸い上げると、中身の結晶は瞬く間に水に溶けた。

「そしたら、自分の腕の一番太い血管を探して、そこに刺し、針が血管に入ってるか確認するため、一度棒を上にあげてみて。血液が入り込んできたら、中身を注射して。分かった？」

「わ、分かったわ」

のぞみの表情は緊張していた。初めての体験なのだから当然だった。のぞみは言われた通りに血管に刺した。血管も見つけやすい位置にハッキリとしたものが通っていてスムーズに打つ事ができた。その瞬間、凄まじい快感が脳天を突き抜けた。毛が逆立つように感じ、眠気と酔いは吹き飛び、覚せい剤のもたらす快感がものすごい勢いで全身を駆け巡っている。のぞみはこんな良いものがこの世に存在したのかと思ってしまった。

「ヒカリ、何これ。超気持ちいいよ。こんなに良いものがあるんだね。最高の気分よ。ハァー本当に気持ちいいよ」

のぞみは究極の快楽に溺れながら、途切れ途切れに感想を語った。ヒカリものぞみの隣で自分の血管めがけて注射器の針を突き立てていた。

ヒカリには分かっていた。のぞみは覚せい剤を本当にやりたかったわけではなく、自分と共感できる事柄を増やし、同じ立場になれると思ってくれたからだろう。

覚せい剤にとらわれ、人生を狂わせている人がたくさんいる事くらいはのぞみにも分かるだろうけど、そんな危険な事でもためらいなくやってしまう行動に、ヒカリはとても嬉しく思えた。ヒカリはこれまで自分に起こった出来事をのぞみに話した。また、のぞみはヒカリに対する思いを熱く語っていた。

気が付くと、外はすっかり明るくなっていた。

「ねぇ、ウチらキメてから、もう六時間以上経ってるし、のぞみは寝てないから少し疲れてるんじゃない？」

「ううん、それが全く眠くないし、疲れないし、むしろどこかへ出かけたいくらいなの」

のぞみは「うーん」と腕を上げ身体を伸ばした。

「それならサウナもあるし、スーパー銭湯に行こうよ」

「いいよ、私もちょうどお風呂に入りたいと思ってたし、ここのユニットバスより大浴場で足を伸ばして入りたいしさぁ」

「ここの湯船がちゃっちくて悪かったわね」

「そういう意味じゃないわよ」

「えへっ、知ってるよ。それじゃ、さっそく行こ」

「クゥーン、クゥーン」

「大丈夫よ、コロ、今日は帰ってくるから、少し待ってて」

ヒカリはさみしがるコロを優しく抱え上げ、顔にキスすると二人は外出した。間もなくして駅前にあるスーパー銭湯に着くと、料金を支払い入場した。早速二人は二階にある女湯の暖簾をくぐると、素早く服を脱ぎロッカーにしまった。ヒカリはのぞみの腕にちらりと目をやると、注射をした周辺が少し青くなっていた。ヒカリの腕には一つでなく無数の注射痕が連なり、筋のようになっていた。

「すごーい、たくさんの湯船があるね。ねーヒカリ、漢方の湯だって。すごく体に効きそうよ」

「うーん、確かに効きそうだけど、この黒いお湯は気にならない？」

「大丈夫よ、この後体洗うしさ」

二人はとりあえず、漢方の湯に入る事にした。

「漢方の効果なのか、とてもリラックスできるわー」とのぞみ。

二人はこの後サウナに入り、ガッツリと汗を流すと最後に頭や体を洗い浴場を出た。体を拭き、脱衣所に置いてあるアロハ柄のバスローブに着替えた。

「ねぇヒカリ、この後どうする？」

「そうねー、三階にある宴会場か喫茶ルームで何か食べる？」

「うーんいいけど、私全然お腹すいてないの。むしろ何も食べたくないくらいなの。ヒカリは？」

「アタシもどっちでもいい感じ。あっそれなら四階のゲームコーナーに行ってみない？盆おどりコーナーもあるし」

「うん、そうしよ！」

二人は四階へ向かった。四階に着くと、盆おどりコーナーが見えた。

盆おどりコーナーは、広間の中央に和太鼓が置かれ、30歳くらいの威勢の良さそうな男が、楽曲に合わせて和太鼓を叩いていた。その太鼓の周りをさまざまな人達が音に合わせて踊っている。盆おどりコーナーは出入り自由で、入館料を支払わなくても利用できるため、大勢の客で賑わっていた。そして広間の周りには、屋台風のお店が並んでいた。ベビーカステラにりんご飴、お好み焼きに塩焼きそばにアンズ飴に射的、くじ引き、おでんに焼き鳥、クラフトビールや焼酎などを提供するお店がさまざまあった。

二人はクラフトビールのお店に行った。

「すいませーん、このビール二つくださーい」

「あいよっ」

ヒカリとのぞみが買ったのはトロピカルなフルーツビールだった。

「ヒカリ、コレ超おいしー」

「そうでしょ！　それにしても、のぞみあれから何も食べてないでしょ。もし良かったら二人で塩焼きそば半分ずつ食べない？」

「分かった、じゃあ買ってくるね」

のぞみは塩焼きそばを買ってくるとヒカリに手渡した。

「ありがと。一緒に食べよ」

ヒカリが塩焼きそばのフタを開けた。のぞみはいつもなら「おいしそー」と喜ぶところだが、今日は別である。ヒカリは覚せい剤を常用しているせいか食べ物が喉を通るようになってきているようだ。のぞみは吐き気をもよおしながらも食べるように試みたが、三分の一が限界だった。

「それにしてもこのビール、本当にフルーティーで飲みやすいわ」

二人はプラスチックのコップに残りわずかとなったビールを飲み終えた。

「ねぇーのぞみ、ゲームコーナー行かない？」

「いいよ、行こ行こ」

二人はゲームコーナーへ移動した。ゲームコーナーには、コインを賭けて遊ぶカジノ系のゲームの他、対戦ゲームやＵＦＯキャッチャーなどがあった。そこには50代後半と思しき、角刈りの男が、ガンシューティングゲームに熱中していた。ヒカリとのぞみは、その見事なガンさばきに見とれていた。

「どうや姉ちゃん、上手いもんやろ？」

「うん、とても上手ね」とヒカリ。

「どや、姉ちゃん千円賭けて勝負せんか？　ワシが負けたら十倍の一万円はろうたる」

ヒカリは即決だった。早速百円玉を追加投入すると、二人プレイで得点を競い合う勝負を開始した。二回、三回と勝負を重ねたがいいところまでは行くものの再び点差を広げられてしまい、惨敗となった。

「んーやっぱり駄目ね。シューティングは諦めたわ。ねえおじさん、次はカーレースで勝負しない？」

ヒカリは自宅のゲームで普段プレイしているので、モニター内でのキャラクター操作はお手のものなため自信はたっぷりだった。

「おう、やったる。ワシも姉ちゃんに挑まれて逃げるわけにいかんけのう。レートはいくらや？」

「そうねー、これは平等にお互い千円でいいわ」

「そういうわけにはいかんやろ。よっしゃ分かった。ワシは三千円出したる。どうや？」

「いいけど後悔しないでね」

二人は箱型の中に入り百円を投入した。モニターに映るスポーツカーをハンドルで回し、キャラクターを選ぶと決定ボタンを押した。信号機の色が変わり、いよいよスタートである。ヒカリはカーゲームも手慣れたもので上手にキャラクターを操作していったが、男も負けていなかった。男はカーゲームで腕を磨いているというよりは、普段車を乗り回しているといった感じだ。ゲーム慣れしているヒカリの方が一歩上を行き、結果、ヒカリが三勝して終わった。結局ヒカリはガンシューティングゲームで三千円負けても、カーゲームで三回勝ち、九千円を手にした事から六千円のプラスとなった。

「イカン、今日の飲み代、すってもうたわ」と言うと、男は笑いながらゲームコーナーから出ていった。

「ちょっとヒカリすごいじゃない。家でゲームしてるだけの事はあるわね」

「えへへへ、ラッキーだわ」

覚せい剤が効いている事を除いたら、二人はいたって普通の女子二人組であった。

今度は二人でコインを五十枚ずつ買い、ポーカーゲーム台が二台並んでいる椅子に共に腰かけ、コインを投入した。

二十分ほどするとスリーカードやフォーカードが出て、ダブルアップも勝ち進み、二人とも二百枚以上のコインが貯まっていたが、やがてヒカリが言葉をもらした。

「なんかコインゲームってのも虚しいわねー。コインが増えたからって得するわけじゃないし」

とつぶやいたかと思うと、「あっそうだ」と閃いたように言った。

「ねぇーのぞみー、どうせならメダルじゃなくて本物の店行こうよ、ねっ」

「ほ、本物？　何、本物って」

「いいから、いいから。絶対そっちの方が楽しいから、行こっねっ」

「う、うん、分かったわ。でもコインどうするのよ」

「うーん、そーねー」

辺りを見回したかと思うと、小さな子どもを見つけ、「コイン欲しい？」と聞いた。子どもは大喜びをして、ヒカリから全てのコインを貰った。それを見て、のぞみも別の子どもを見つけて全てのコインをあげたのだった。

ヒカリとのぞみは私服に着替えると、スーパー銭湯をあとにした。

やがて西船橋駅南口の細い路地を曲がりビルの中に入ると、トランプのジョーカーが描かれた看板が見えた。のぞみはそのジョーカーがヒントかもとピンときた。そして黒い鉄の扉の前にあるカメラ付きインターホンのボタンを押した。やがて扉が開き、中へ入れと黒服の男性が店内へと誘導してくれたのだった。

「のぞみ、ここはポーカーで勝てば現金に換金できるからね。兄さん一万円分入れて」

ヒカリは店員に一万円渡した。

「はい、分かりました。初回は一万円一〇〇〇ポイントに加えボーナスポイントが付くので、二〇〇〇ポイント入れますね」

店員がポーカーゲーム台に鍵を差し込むと、素早くひねり二〇〇〇ポイントを台に投入した。

のぞみも一万円を店員に渡し二〇〇〇ポイントを台に入れてもらうと早速プレイした。

一回のベット数はヒカリと同じ五〇ポイントずつ（五百円賭け）にした。台の画面が通常時の青から緑に変わると、軍艦マーチの音楽が流れ始めた。これはボーナスモードである。このモード中は、たとえツーペアでも揃えばルーレットが開始され、それによりストレートフラッシュの位置でルーレットが止まれば、ツーペアがストレートフラッシュになるモードである。しかも、そんな大チャンスが十回も受けられるのだ。のぞみは引き続きプレイを続行した。五回、六回とルーレットが回り、そのたびにスリーカードやツーペアで止まり、たいしたポイントにはならなかった。

と、その時「ピポーン、ピポーン」と大音量が発せられた。のぞみはあまりに咄嗟の事だったので驚いた。クレジットを見るとどんどん上昇しているし、ルーレットがどこで止まったのか確認するとロイヤルストレートフラッシュで止まっていた。つまり大役にありつき、台がパンク（操作不能）となったのだ。こうなると強制的に一度換金という事になる。換金後に再びプレイしたい場合は、店員に一万円を渡し一〇〇〇ポイント入れてもらうという方法だ。クレジットが止まり、ポイントを確認すると一〇二〇〇ポイントとなっていた。店員は、一〇二〇〇ポイントで十万二千円を長財布から出すとのぞみに渡した。

のぞみはこのままやめるのも悪い気がしたので、もう一万円を店員に渡し一〇〇〇ポイントを台に投入してもらった。

　ヒカリの台に目をやるとフォーカードを引いていた。どうやらフォーカードを、さらにダブルアップで倍にしようとしていたのだった。高めの効果音が鳴りポイントを確認すると、二〇〇〇ポイントが四〇〇〇ポイントにまで増えていた。ヒカリのダブルアップが成功したのだ。のぞみほどではないにしろ、ヒカリも好調な様子だった。その後ヒカリは四〇〇〇ポイントを換金した。結果ヒカリは三万円プラス、のぞみは八万二千円のプラスとなった。二人はせっかくのプラスを無にしないため、店を出る事にした。

　のぞみはさすがに疲れが出てきたのか「そろそろ明日の出勤に備えて休もうかな」とつぶやいた。

「そうねー、コロもさみしがってるだろうし、アタシも帰ろ」

「それじゃ、このまま二人で帰ろっか」

「そうね」

　二人はシェアハウスへ帰った。

3

「お疲れ様でしたー」

「のぞみちゃん、お疲れー。また明日ね」

のぞみは居酒屋での仕事が終わり、このまま一人でどこか近くの店で軽く食事をして帰ろうか迷ったが、結局どこにも寄らずにシェアハウスへ帰る事にした。

あれからすでに二週間ほどの時間が過ぎていた。のぞみは一回の使用だけだったので覚せい剤のキレ目もたいした事はなく、仕事にも影響はなかった。一方ヒカリは所持している残り少ない覚せい剤を使用したり、外出をしたりしていたが、以前のように長時間シェアハウスを空ける事もなく帰ってきている様子だった。のぞみの帰宅後何度かタイミングが合い、ヒカリとリビングで缶チューハイで乾杯もした。その時、友達がトラブっていると、もらしていた。そのせいで以前のように自由に会えないと言っていた。のぞみには詳しい事は分からなかったが、それが理由で家にいる時間が増えた事は想像できた。三、四日前からは、ヒカリは自室へこもりっきりになった。のぞみは一度覚せい剤を使い、副作用を味わったので、常用しているヒカリがもっと辛い症状になる事は想像がついた。だからというわけではないが、疲れて寝ているヒカリを気遣い、リビングでも静かに過ごす生活を心がけていた。のぞみは見慣れたシェアハウスのドアの前に立つと、静かに鍵を開けた。

「ワンワン」といつものようにコロが出迎えてくれた。

「コロ、ヒカリが寝てるでしょ、静かにしなさい」

と言うと、コロを抱き上げ優しく頬にキスをした。のぞみはコロを床にそっと下ろすとリビングのテーブルに缶チューハイとチーズ味のスナック菓子を並べ、晩酌を始めた。コロはヒカリの部屋へ戻り、ベッドで横になっているヒカリにくっつき寄り添っている。テレビでは午前0時を回ろうとしているだけあって、これといって楽しめる番組もやっていなかった。のぞみは何チャンネルか順番に回し、深夜限定の三十分ドラマに合わせ晩酌を楽しんでいた。ちょうどドラマが終わる頃、ヒカリが部屋からリビングへ出てきた。

「あ……のぞみー……帰ってたの……」

「うん、少し前に仕事終わってさっ」

「そぉっか」

のぞみの目から見てもヒカリはかなり辛そうだった。表情に覇気は全くなく、足元もフラついていた。何か思い悩んでいるようにも見えた。覚せい剤を最後に使ってから五日目、今のヒカリは一番キレ目の辛い時と言える。再び覚せい剤を使用したいという強い渇望に襲われているのかもとのぞみは感じた。コロは最近ヒカリが家にいてくれる事がよっぽど嬉しいのか、ヒカリの足元をウロウロしている。

「アンタ、一人で晩酌？　ならアタシも、飲もっかな」

「うん、そおしよっ」

　のぞみは気を遣い、ヒカリの好きなカップ焼きそばを作ると、冷蔵庫から缶チューハイを取りすぐさまテーブルに並べた。

　二人は久々に乾杯した。のぞみはアルコール度数の低い缶チューハイを飲んでいたが、ヒカリはアルコール度数の高い缶チューハイを飲んでいた。元々酒に強く、飲むペースも早い。だがこの時のヒカリは、空腹だったため、アルコールの回りはいつも以上に早かった。五〇〇mℓを飲み終えた頃にはヒカリの酔いはかなりのものになっていた。酔いが回っているせいか少し覇気が戻ったように見えた。

「ねーのぞみー、何だかアタシ、またしたくなってきちゃった」

「したくなったって、何を？」

「アタシがしたいって言ったら、アレに決まってるでしょ」

「もしかして、こないだの、アレ？」

「そう、アレよ」

「ヒカリ、アタシも酔いが回ったせいか、またしたくなってきちゃった」

「ねぇ、のぞみもしたいなら一緒に買う？」

「そうね、でもこないだポーカーゲームで勝ったお金があるからそれで買うわ」

「アンタだけに払わせるのも悪いわよ。アタシも出すよ」

「ところでアレっていくらするの？」

「量によるけど、だいたい五回分で一万六千円、十回分なら三万円ってとこかな」

のぞみはどのくらい買おうか迷っていた。五回分もあれば充分だった。だがこれからある提案をするのには十回分を選んだ方がいいと思った。

「五回分もあれば充分ね。せっかくアタシも久々に身体から抜いたのに十回分も買ったらどうかと思ってさぁ。のぞみはどう思う？」

「私も同じ意見よ。たくさんあるよりも五回分を二人で分ければ充分」

「そうと決まればさっそくね。代金は仲良くワリカンね」

「分かったわ」

ヒカリはスマホを操作し、しずに発信した。

「はい」

「しず、ヒカリだけど」

「おー、どうした？」

「実はさ、ちょっとアレまわしてほしいのよ」

「ヒカリが言うなら、そうしてあげたいのは山々なんだけど、こないだチラっと話したと思うけど、ヒデ君とトラブってて今は新宿にいないの」

「どこにいるの？」

「ミナミよ」

「ミナミって大阪の!?」

「そうよ、ほらヒデ君って仲間が多いじゃない。東京にいたら見つかりそうだし、今の新しいカレとぶつかったら大変な事になりそうだから、二人で大阪に移ったの。何か聞いた話だとヒデ君、アタシの事も男の事もすごく怒ってて、見つけて殺すとか言って探してるらしいのよ。アイツって自分は良くてもお前はダメって性格だから、もう嫌でさぁ。暴力もメチャクチャふるうし」

高宮ヒデはとても嫉妬深く、執念深い。また、受けた屈辱は必ず数倍にして返す事で有名だった。覚せい剤に溺れ、愚連隊内では信用もガタ落ちになりながらも、未だ特別視されているのは、高宮ヒデを敵に回すとヤバイからであった。

すぐに覚せい剤が手に入らない事が分かり、ヒカリは仕方なく電話を切る事にした。

「大丈夫？　友達、何かあったの？」

「うん、何か取り込んでるみたい」

ヒカリは、特に話した内容をのぞみに伝える事もなく、別の発信先へとコールを鳴らした。すぐさま、警戒気味の男の声が聞こえてきた。

「はい」

「あの、こないだ買った者ですが」

「あー船橋で待ち合わせしたキレイなお姉さんね。今日はいくつ必要かな？」

「一万六千円分欲しいんですけど」

「したら、こないだと同じ場所で、これからで平気かな？」

ヒカリは以前ネットで見つけた売人とアポを取り終え、すぐさま待ち合わせ場所へとバイクを走らせた。家から近かったため、すぐにシェアハウスへ戻ってきた。

ヒカリは待ち切れないのか、とても焦っていた。時折「オエッ」と胃から何かがせり上がっているような声をもらしていた。

ヒカリは売人から受け取った封筒を震える手で破り、中に入っている結晶の入ったパケを取り出し、細い注射器の筒へ詰めようとした。その時だった。ヒカリの「あっ」という声と共に覚せい剤の欠片《かけら》を落としてしまった。すかさずのぞみがラグに落ちた結晶を拾い、テーブルの上へ置いた。

「ごめん、のぞみ。アタシ焦り過ぎよね」

「ううん、大丈夫よ。ヒカリ…やりながらでいいから大事な話だから聞いて。私ね、覚せい剤やってみて、とても良さが分かったわ。だけどね、今回買った分を一緒に使い切ったら、一緒に覚せい剤を断ち切りたい！　ね、今回で最後にしよ」

このののぞみの言葉にヒカリは一瞬動きを止めた。だが、強い渇望が訪れているヒカリはテーブルに置いた結晶を再び注射器に入れ、二本分を作り終えた。

「実はね、シンちゃんがウチの店に来たの」

ヒカリの表情に強い変化が表れる。

「バイトの子達も皆心配してる様子だった」

ヒカリの動揺が強く表情に表れている事から、内心はとても気にしている事が伝わってきた。

「分かったわ、そうしましょう」

意外にもヒカリの返事は早かった。

のぞみには適当にも感じられた。この状況で、またヒカリの様子を見ると本当に約束が守れるのか不安になる。だが、ここはヒカリを信じるしかなかった。

もしかしたらヒカリは、シンちゃんやスタッフの事を知らされ、自身も不安や心配、気がかりや焦りが湧き上がり、いい機会と思ったのかもしれないし、単に早く打ちたいから、空返事をしているだけかもしれないが、そこまで考えるとキリがないので、信じる事が大切だとのぞみは自分に言い聞かせた。

またのぞみには自分自身が覚せい剤に依存しないという確信があった。確かに気持ちいいと思ったが、ハマる人の気持ちが理解できなかったのだ。

ヒカリとのぞみはお互いの袖をまくり、血管をめがけて注射器の針を突き立てた。すかさず以前体験した激しい快感が全身を駆け巡った。ヒカリは打つと、深呼吸してやっと落ち着きを取り戻した様子だった。「オエッ」というえずきも治ってうっとりしていた。

のぞみは快楽にのまれながらも、心は冷静だった。これでヒカリを救い出せると思った。いや、救い出すどころか逆に苦しめてしまうかもしれない。なぜなら今後は自由に使う事ができないのだから。だけどいつまでも覚せい剤を使い続けているのがヒカリのためになるとは思えないし、また捕まってしまうかもしれない。シンちゃんやスタッフも心配している。コロもさみしがっているし、私だってヒカリがどこか遠くへ行ってしまうのではないかと気が気ではない。それが犯罪でなく、ヒカリにとって本当に幸せな事なら応援もしてあげられる。例えば結婚とか。もしかしたらヒカリにとっての幸せは、自由に覚せい剤を使える人生なのかもしれない。本当のところは分からないし、自分が余計なお世話をしているだけかもしれない。ヒカリにとっては有難迷惑かもしれない。だけどヒカリは自分から悩みを打ち明け、助けを求めるタイプじゃないのは分かっている。もしかしたら本当は救いを求めているかもしれない。そうかもしれないから私なりの方法で、手を差し伸べればヒカリを救い出せるかもしれないし、イチかバチかの賭けだったし、あとはヒカリを信じるしかない。もし結局ヒカリが止められない、または止めなかったとしても、その時は仕方ない。ヒカリが手を差し伸べてほしかったわけではなかったとハッキリするし、それがヒカリの望んだ生き方なら、それは仕方がない。それでも理解して受け入れていくしかない。

ヒカリとのぞみは覚せい剤をキメた後、二人でレンタカーでドライブに行こうという事になり、千葉の御宿海岸へ出かけた。

暗い海岸に車を停めた。窓を開けた。潮風がとても気持ち良かった。しばらく語り合い、車を運転した事のないのぞみは運転をかわり、砂浜に車を走らせた。のぞみはよっぽど楽しかったのか、とても喜んでいた。だが砂浜にタイヤがはまり、すぐにヒカリが運転席へ戻った。その後カラオケに行き、再びドライブで時間をつぶし、休憩のため二人で入ったホテルで最後の覚せい剤を使い切り、シェアハウスへ帰った。


「オーライ、オーライ、ＯＫでーす。ありがとうございました」

「おーヒカリちゃん、頑張っとるね。今のお客さんもヒカリちゃんご指名じゃからな。おっそうじゃった、そうじゃった。今日の午後１時にバイクのメンテナンスを頼まれとるんじゃが、大丈夫か？」

「あーシンちゃん、そんなご指名ってほどの事じゃないわよ。バイクのメンテね。もちろん平気よ」

「じゃあ頼むな。おっもう正午じゃな、ヒカリちゃん休憩してきなさい」

「はい、分かりました」

ヒカリがのぞみと覚せい剤を最後にしようと約束し合った日から、今日で十日が経っていた。

ヒカリはのぞみと最後にしようと購入した覚せい剤を使い切ると、訪れるキレ目、離脱症状から脱出するため、適度な運動と食事と睡眠をひたすら繰り返し、少しでも早く体調を治そうと試みて生活した甲斐もあり、七日目を過ぎた辺りからは、かなり体調も良くなっていた。八日目からは充分働けるくらいになっていたので、思い切ってシンちゃんへ電話をかけた。返事はとても早く、待ってましたと言わんばかりのものだった。シンちゃんから早ければ早いほど助かると言われたヒカリは、早速その翌日から出勤した。ヒカリの出勤を皆喜んでいた。久々にヒカリの顔を見た後輩スタッフのあかねは、ヒカリに「お帰り」と言って泣きながら飛びついた。

断薬生活のスタートはとても順調だった。それから三週間ほどが過ぎ、冬の寒さも増し、街にはイルミネーションが彩り始めていた。ヒカリはいつものように出勤しスタンドで接客をしていた。

「もうすぐクリスマスじゃな。ヒカリちゃん、遠慮せんで大丈夫じゃぞ。こんな時くらい、彼氏とのんびり過ごすのもありじゃと思うぞ」

シンちゃんが悪戯っ子のように言った。

「私彼氏いないんだけど、嫌味ですか」

「こりゃ失礼。余計なお世話だったようじゃな、わっはっは」

「んもう、あっいらっしゃいませー」

いつの間に訪れたのだろう。運転席の窓から一人の青年が顔を覗かせていた。普段、来客に気付かない事などないのに。いけない、いけないと思いながら客の元へと急いだ。

「申し訳ありません。レギュラーですか、ハイオクですか？」

「ハイオク満タンでお願いします。あのー、それとエンジンから異音がするんですけど、見る事ってできます？」

「ハイ、もちろんできますよ」

ガソリンを入れ支払いを終えると、青年は車を言われた場所へ移動させた。そして青年が車外へ出ると、ぬいぐるみが落ちてきたように見えた。よく見るとラブラドールレトリバーの子犬だった。子犬は一緒に降りてジャレてきた。

「うわー、可愛いー。ラブラドールレトリバーですね！　ワンちゃんお好きなんですか？」

「えっ、ははは。そうですねー」

青年は溢れんばかりの笑顔をしていた。ヒカリの心に衝撃が走った。この青年に惹かれる自分がいた。ヒカリはいけない、仕事、仕事と思い直し、急いでボンネットを開け、エンジン周辺を確認した。特に急な修理を施す必要性はないものの、エンジン自体から異音がする事で、あまりエンジンの状態が良くないと伝える事しかできなかった。修理というよりも寿命が近づいているのではないかと知らせると、ヒカリはボンネットを閉めた。

「本当に可愛いワンちゃんですね。撫でてもいいですか？」

ヒカリは青年に近づき、犬の頭を撫でた。

「良かったなケン太、こんなキレイな方に撫でてもらえて幸せだな」

とても明るく、笑顔が素敵な感じの良い青年だった。

その時だった。ケン太を抱っこしている青年の腕に目が吸い寄せられた。痛々しい火傷の痕だった。ヒカリは見てはいけないものを見てしまったような気分になり、急いで目を逸らそうとしたが、却って失礼に思い、気にしない素振りでケン太の頭を撫でていた。

「河中さんて言うんですか？」

「えっ!?」

ヒカリは一瞬返事に戸惑ったが、自分の胸元のネームプレートに気付き言った。

「あっハイ、スタッフの河中と申します」

「河中さんですね。僕は澁谷と申します。河中さんはワンちゃんをお飼いになっているんですか？」

「はい。実は少し前からチワワを飼っていて」

「へーチワワですか」

澁谷はキラキラした目を一層輝かせて反応した。

「僕もチワワ大好きなんですよ。ラブラドールかチワワかずっと悩んでいて、どっちにと決断できずにいたんですが、とある事情から、結局はラブラドールを飼う事になったんです」

「あっ」

スタンドに一台のトラックが入ってくるところだった。

「ちょっとスミマセン」

ヒカリは接客のため、その場を離れようとした。するとケン太が「クゥーン」とさみしそうな鳴き声をあげた。

「ケン太君、ゴメンね、ちょっと行ってくるね」

接客が終わり、澁谷の元へ戻ってきたが、再び一台のミニバンがスタンドに入ってきたため、ヒカリはまたも「スミマセン」と言い、その場を離れようとした。澁谷はヒカリに「あのー、コレ」と小さな紙切れを渡した。ヒカリはそれを受け取り接客へと向かった。

それから立て続けに何台もの客が訪れ、ラッシュが途切れた時には、すでに澁谷の姿は消えていた。ヒカリはほんの少し寂しい気持ちになりながら、次の来客を待っていた。日が暮れ、退勤の時間になると、コロに異様に会いたくなり、急いで家路についた。

ドアを開けるとコロはいつものように「ワンワン」と鳴きながら出迎えてくれた。ヒカリはコロを抱え上げ、顔に優しくキスをした。そして、晩酌を始めるために冷蔵庫にあるもので肉野菜炒めを作ると、早速レモンチューハイのプルタブを開けた。

コロはヒカリの顔を隣でじっと見つめながらふせをしていた。ヒカリはテレビをつけて、適当にチャンネルを回した。まだ午後6時という事もあり、特に気になる番組もやっていなかったので、とりあえずアニメにした。ヒカリは「あっそうだ」と、仕事中に訪れた客の澁谷から渡された紙切れの事を思い出し、脱いだズボンのポケットを探り、取り出した。そこにはこう書かれていた。

『今日はありがとうございました。一度河中さんのチワワに会いたいです。良かったら連絡ください』

そして最後に携帯番号が書かれていた。ヒカリはどうしようか少し迷ったものの、ケン太にまた会いたい思いもあったし、断る理由もなく別にいかがわしい事をするわけじゃないのだから、明日の休日にでも電話をしてみようと思った。

翌日ヒカリは目が覚め、コロと散歩に行き、帰ってきた頃時計の針はちょうど正午を指していた。スマホをタップし澁谷へと発信した。

「もしもし」

「あっもしもし、河中です」

「えっ河中さんですか？　昨日はありがとうございました。それにしてもこんなに早く連絡いただけるなんて、本当に嬉しいです」

「たまたま今日が休みだったんで」

「そうだったんですね。なんてタイミングがいいんだろ。実は僕も今日は予定がないんで、もしよろしければ、これからお会いできませんか？　僕も河中さん家のワンちゃんと会ってみたいですし」

「はい、いいですよ」

「本当ですか！　嬉しいな。ところで稲毛海岸駅近くにとても良い雰囲気のドッグラン付きのカフェがあるんですが、そこで落ち合うというのはどうですか？」

ヒカリと澁谷は稲毛海岸駅そばにあるカフェで待ち合わせする事となった。ヒカリは車の免許は持っているものの、バイクしか持っていなかったため、コロをキャリーバッグ（ペットのキャリーバッグ）に入れてタクシーで目的地へ向かう事にした。京葉道路を通り三十分ほどで目的地へと着いた。

澁谷は店の前に車を停めてヒカリを待っていた。車は前日に乗っていたものではなく、パールの大型ミニバンだった。澁谷はタクシーで訪れたヒカリにすぐに気付き「ありがとう」と笑顔で出迎えた。

「今日は違う車なんですねー。カッコイイー」

その時だった。車からケン太が出てきて、ヒカリの足に飛びついてきた。

「きゃーケン太君、こんにちはー、んー、いー子だねー。本当ケン太君って、人懐っこくてすごくカワイイ」

「河中さんのワンちゃんも早く見たいなぁ」

「コロ、澁谷さんに挨拶して」

ヒカリはキャリーバッグを開けた。すかさずコロは飛び出して澁谷に鼻を近づけた。匂いを嗅ぐとその後、なぜか澁谷には近づこうとしなかった。警戒しているようにも見えた。

「ははは、男の子かー、コロ君初めまして」

やはりコロは近づこうとしなかった。

「もうコロ、どうしたの？　すみません。体調でも悪いのかも」

「あまり気にしないでください。それにしても可愛い目をしてますね。ケン太、負けてしまったな」

と言うと、澁谷は満面の笑みを浮かべた。その笑顔を見てヒカリの心に再び衝撃が走った。澁谷の笑顔は居心地良く幸せな気持ちにさせてくれる。ヒカリはさらに澁谷に惹かれていった。だがそういう目的で会っているわけではないと、自分に言い聞かせた。

「あれ、ケン太君の目、怪我してますね」

「そうなんですよ。昨日猫を飼っている友人の家に寄ったんですけど、寝ている猫にケン太がちょっかいを出したら、最初は黙ってたんですけど、しつこくて引っかかれちゃって」

「そうだったんですかー、痛そう」

「ケン太、これに懲りて気を付けるんだぞ。そうだ河中さん、せっかくだから中に入りましょ」

店に入ると、すでに訪れている人達がこちらを向いた。ケン太とコロを見て、「超カワイー」と聞こえてきた。店員からは「どうぞお好きな席にお座りください」と言われたのでドッグランに一番近い席に座った。

「ここのカフェには犬用のケーキも置いてあるんですよ」

「そうなんですか！　食べさせてあげたいなぁ」

澁谷は犬用のケーキと自分達のケーキとコーヒーのセットを頼んだ。

「うわー可愛い。犬用のケーキって思っていたよりも豪華に作られてるんですね。何か私達のよりおいしそう」

「確かに。しかもワンちゃんに良い物しか使われてないんですよ」

「それなら安心ですね。コロー、おやつだよー」

コロとケン太は仲良く隣でジャレ合っていたが、コロはヒカリの呼びかけにすぐ反応し、ケーキとにらめっこをしてかぶりついた。よっぽどおいしかったのか、あっという間に食べ終えてしまった。それを見たケン太も一気に食べ終えた。

その後はコロとケン太をドッグランで遊ばせた。二匹の相性はとてもよく、ずっと共に走り回ったり、ジャレ合ったりしていた。

ヒカリと澁谷もドッグランのベンチに腰かけ雑談を交わしていた。澁谷は聞き上手で話がとても面白く、ヒカリは何度も大笑いしていた。時間はあっという間に過ぎ去り、気付けば日も沈み始めていた。澁谷はヒカリを車でアパートの前まで送り帰っていった。ちょうどその時、のぞみがアパートから出てきた。

「ちょっとヒカリ、いつの間にいい人見つけたのよ」

「えっ何言ってるのよ、スタンドのお客さんよ。ラブラドールの子犬に会いたくて会っただけよ」

「はい、そういう事にしておくわ。それじゃ私これから仕事だからさ。バイバイ、コロまたね」

のぞみは足早に出勤のため店へと向かった。


それから三週間が過ぎ、年も明け、正月気分もすっかり抜けてきた頃の事だった。

「オーライ、オーライ、ありがとうございました」

ヒカリは時計に目をやった。退勤時間が少し過ぎていた。シンちゃんが来て「ヒカリちゃん上がりなさい」と言った。ヒカリは帰り支度をして歩いていると、車が横に停車し窓から澁谷が顔を出した。

「かずきぃー」

「ヒカリおつかれー」

澁谷はかずきという名で、この時すでにお互いを名前で呼び合う間柄になっていた。

ヒカリは澁谷の車に乗った。

二人はたびたびデートをする関係になっていた。二人で飲みに行った事や、ドライブに行った事もある。澁谷は犬や他の動物の愛情の深さについて語り、ある時は新たに挑戦しようとするビジネスについて熱く語り、また時にはアブラ虫のおぞましさについて身振り手振りを加え語った。また、腕の火傷は幼い頃受けた、親からの虐待の痕だと言っていた。聞いたのではなく自分から打ち明けてきた。時々感じる底なしの悲しみを自分が癒してあげたいと強く思うようになった。

ヒカリはこの数カ月間、一度も覚せい剤への欲求に負ける事はなかった。それほど強い渇望に襲われる事もなかった。それも澁谷のお陰だと分かっていた。

二人はファミレスへ向かった。ドリンクバーを注文した二人はドリンクを取りにいき、適当に料理を注文した。

「でね、歩いてたら、子どもが落とした百円玉を、拾ってあげようとしたおばちゃんの買い物袋が破れて、中からリンゴが転がってきて、それをキャッチしようとしたおじいさんの入れ歯が地面を転がったら、通りかかった猫が咥えていってしまってさ」

「キャハハハ、そんなマンガみたいな事あるの？　でも面白い」

「本当だよ。それでおじいさんと俺で猫を追っかけてたら、猫が入れ歯を落として、それをいきなり現れたカラスが咥えて飛んで行っちゃったんだ」

「キャハハハハ、それじゃおじいさんも困ったろうね。カラスに入れ歯をとられたせいで晩ご飯食べられないもんね」

「そういう事になるよね」

いつものように、ヒカリと澁谷は面白おかしく雑談し、とても幸せな時間を過ごしていた。料理が運ばれ、食事を終えると、ドライブをした。近くの川沿いに車を停め、再び語り合った。そして自然とそういう雰囲気になり、二人はキスを交わした。そのまま近くのラブホテルへ入ると心も体も結ばれた。

その後もデートを重ねれば重ねるほど、ヒカリの思いはどんどん強くなり、気が付けば澁谷がいなければ生きていけないくらいになっていた。今までは人を愛するという事がどういう感覚なのか漠然としていた。だが、今ならハッキリと分かる。一人の男性を本気で好きになるという事がこれほど楽しく、幸せで刺激的なのだと。ヒカリの頭の中は澁谷の事でいっぱいだった。

ある日ヒカリとのぞみの休日が重なり、一緒に部屋の掃除をしていた。

「ワンワン」

「ちょっとコローどいてって、おとなしくしてなさい、もう」

のぞみは掃除機をかけていた。コロはその周りを楽しそうに逃げ回っていた。コロが邪魔をしてくるので、のぞみは仕方なく一旦掃除を中断した。ヒカリは鼻歌を歌いながら、窓をテキパキと拭いていた。その姿からは幸福感が満ち溢れていた。

「ヒカリーご機嫌ね、ここ最近何かいい事でもあった？」

ヒカリは手を止めて振り返った。

「あらっそう見える？　いい事っていうか、何ていうか、まぁそーなのかな」

ヒカリは曖昧に返事をした。だが顔からは笑みがこぼれていて、バレバレだった。

「ちょっとアンタ、それでごまかしてるつもり？　いったい何があったのよ。宝くじでも当たった？」

「宝くじなんて買ってないわよ。実はさ、ちょっといい人と知り合ってさ」

「ちょっといい人って？　あーこないだカッコイイ車乗ってた人でしょ！　家の前にいた」

「そっ、実は少し前から付き合っててさ」

「やっぱ、そうでしょ」

「違うの、あの時はまだそんな気はなかったの。でも気が付いたらそうなっててさ。彼さ、澁谷かずきって言って、すごくイケメンだし、仕事もできて、たくさん面白い話して笑わせてくれるのね。お陰で、覚せい剤の事を全く考えなくなったんだ」

「そう、それなら良かったじゃない。応援するわ」

ヒカリはのぞみの辛い経験を知っているから、いい人が見つかったとは自分からは言い出しづらい思いがあった。だがのぞみから聞かれたのなら、彼と付き合っている事を話した方がいいと思った。

その後二人は邪魔するコロを何とかあしらいながらも、部屋の掃除を終え一息ついていた。そして久しぶりにのぞみの働いている店へ飲みに行こうという事になった。店に着くとホルモンをつまみに酒を飲んだ。酔いの勢いもあってか、二人は以前行ったポーカーゲーム屋へ行ってみようという事になり、遊んで帰った。いつもと同様にコロが出迎えてくれ、二人揃って久々の休みは平和に過ぎていった。


数日経った頃だった。ここのところヒカリは、澁谷の態度がどことなく冷たく感じるようになっていた。ヒカリは仕事が終わると澁谷へ電話をしたがつながらない。

会えた日はとても幸せだし、ちょっとした出来事や話した事など、どんな事でも自分にとっては大きな思い出になる。一緒にいられる時は本当に幸せだと思う。恐いくらいに幸せだと思う。だが会えない日、連絡のない日は、胸が痛くて、苦しくてどうしようもないし、彼はきっとモテるから、ものすごく不安で心配だった。

スマホからメロディーが流れた。画面を確認すると、かずきと表示されていた。ヒカリは途端にハッピーになり画面をタップした。

「もしもし」

ヒカリは電話に出たが、なぜか澁谷は黙ったままだった。いや、黙ったままというより、どこか遠い所から声が響いてくるような感じだった。きっと気付かず画面に触れてしまい、それがヒカリに発信されてしまったのだと思った。

ヒカリはもう一度「もしもしーかずきー」と言ったが、やはりこちらの声が聞こえている様子はなかった。ヒカリは悪いと思いながらもスマホを切らずに、そのまま耳にあてていた。時折聞こえてくる女性の声がヒカリの鼓膜を不快に刺激した。どうやら澁谷と女性が談笑している感じだった。ヒカリはたまらず通話を切り、スマホを長座布団に投げ付けた。

翌日もいつも通り出勤したヒカリであったが、仕事中は、ずっと電話から聞こえてきた女性と澁谷の声が気になって仕方がなかった。

頭の中ではベッドの上で澁谷と知らぬ女性が仲睦まじく語り合う想像でいっぱいになっていた。あなたの彼女は私じゃなかったの！　と心で叫んでいた。頭がおかしくなりそうだった。そう考えると居ても立ってもいられず、今すぐにでも確認したくなった。

ヒカリは仕事中にもかかわらず、更衣室へ行き、スマホを操作した。だが発信をタップする直前で思いとどまった。ただ電話から聞こえてきた声だけで浮気と決めつけるのは、軽率過ぎると思い直したのだった。澁谷だって数々のビジネスを手がける実業家だし、単に仕事の話で女性と接していただけかもしれないし、そもそもラブホテルにいたのかどうかもハッキリしているわけでもない。自分でもこんなにヤキモチを妬いている事に驚いていた。頭の中では嫌な妄想ばかり押し寄せてきたが、必死に振り払った。

仕事が終わりシェアハウスへと着いた。コロの相手もそこそこに、すぐさまバッグからスマホを取り出し確認したが、今のところ澁谷からの連絡はない。たまらずスマホをタップし澁谷へと発信した。5コールほど鳴らした。もっと鳴らしたかったが、しつこくして嫌われるのが怖かった。変な女と思われるのも怖かった。絶対に失いたくない幸せだった。折り返しを待ったが一時間待とうが二時間待とうが連絡は来なかった。

次の日は寂しさを紛らわすため、仕事から帰ってくるなり、缶チューハイのプルタブを開け、気が付くと二本目も残り少なくなり、三本目を開けた。酔いの勢いもあってか、気が付いた時には、またも澁谷へと発信していた。3コール、4コールと鳴らした。電話に出ないと思っていたが、意外にも電話がつながった。

「ハイ」

「もしもし、かずき、ヒカリだけど」

「あー何だ、ヒカリかよ」

ヒカリは耳を疑った。今までの澁谷ならこんな冷たい言葉を返してくるなど想像もつかなかった。別人にさえ思えた。

「何で連絡くれなかったの？　すごく寂しかったんだよ」

ヒカリは今にも涙が溢れそうになるのをこらえながら必死に訴えかけた。

「連絡も何も、好きでもないし会いたくもない女と何でわざわざ連絡取らなきゃいけないんだよ」

澁谷の追い打ちをかける言葉にヒカリは衝撃を受けた。やっと巡り会えた、かけがえのない男性だと思っていた相手から向けられるには、あまりにも残酷な言葉だった。

「私はあなたの彼女じゃなかったの？　今まで一緒にいた時間は何だったのよ！」

ヒカリは泣き叫ぶように言った。

「だってよ、お前何か気持ちわりーし生理的に受け付けねぇしそんな相手とセックスなんてしたくねえだろ」

すでに澁谷の声はヒカリの鼓膜をフェードアウトしていた。放心状態となったヒカリは未だ何か話している澁谷の事など気付いていないかのようにスマホをタップし通話を終了した。しばらくその場から動けなかった。酔いも吹っ飛び何をどうしていいかも分からず、ただその場に崩れ落ちる事しかできなかった。今起きている事が現実なのかすら分からなかった。何かの間違いではと思った。これからの人生を共にしていくパートナーだと思い込んでいた。やっと自分に訪れた幸せな日々が一瞬で崩壊した。とても受け入れる事などできるわけもなかった。徐々に今起きている事に現実味が増してきた。この辛く苦しい思いから少しでも逃れたかった。

（のぞみ、ごめんね）

発信した先は売人の番号だった。すぐに物を買うと帰宅したヒカリは早速腕に注射器の針を突き立てた。しばらくぶりだったせいか全身に凄まじい快楽が訪れた。だが同時に激しい悲しみと虚無感に襲われた。ベッドに倒れ込み布団の中で号泣した。泣いても悲しくなるだけで、心が満たされる事はなかった。

以前交わしたのぞみとの約束を守る事ができなかった。体を張って自分を救い出そうとしてくれたのぞみと今後どう向き合えばいいのか分からなくなった。自分の事が嫌になった。惨めだった。生きているのが嫌になり、死んでしまいたかった。

スマホを操作しキメ友掲示板に投稿した。すぐに返事は来た。30歳で売人をやっているという男だった。相手など誰でもよかった。相手の男はヒカリと会うなりガッつき、すぐに体を要求してきた。構わなかった。相手に言われるまま大量の覚せい剤を注射した。胃から何かがせり上がり吐きそうになった。それから相手の望むままひたすらセックスに及んだ。終わった後、中出しされている事に気付いた。どうでもよかった。自分の性器をよく見ると赤く擦り切れていた。もはやセックスの快楽など分からなかった。

第5章　友の死

「キャンキャン、クウゥーンキャンキャンキャン、キャン」

のぞみは仕事が終わり、シェアハウスに帰ってきた。

「ただいまーコロ。ハイハイ、どうしたのよー？　ヒカリがいないのね。大丈夫よ、そんなさみしがらなくて」

「クゥーン、クゥーン、ウーワンワン、ウー」

「ちょっとコロー、そんなに吠えてどうしたの？」

コロの様子がおかしかった。のぞみはそっとコロを抱き上げた。

「クゥーン」

なおも何か訴えかけるような目で見つめるコロをなだめると、冷蔵庫からチューハイを取り出しテレビをつけた。深夜のニュースが放送されていた。

「はー今日は忙しくて疲れた。この時間が一番ほっとするわー。今日も無事に一日を過ごさせていただき、ありがとうございます」

のぞみは独り言を言うと、プルタブを開けた。

「……事故を起こしたが、その前後の記憶がないという事で飲酒運転等も視野に入れて慎重に調べを進める方針のようです」

「恐いわねー」

「続いて、今日午後2時頃『女性が飛び降りて頭から血を流している』との通報を受け、警察が駆け付けたところ死亡が確認されました。目撃者の話によると、『マンションの屋上に女性が立っているのを見かけたが、すぐに飛び降りてしまった』との事です。警察は目撃情報などから自殺の方向で捜査を進める模様です」

画面には『河中ヒカリ（26）』と表示されていた。

「ちょっとやだ、ヒカリと同姓同名じゃない。こんな偶然もあるのね？」

テレビではニュースが終わり、いつの間にか深夜帯に放送される連続ドラマに変わっていた。のぞみはベッドへもぐり込んだ。着信音が鳴り電話に出た。

「ハイ」

「あっ、もしもし、私ガソリンスタンドの店主をしています平野と申します」

「あーハイ、ヒカリの職場の」

「はい、そうです」

「お久しぶりです。どうかしましたか?」

「どうもご無沙汰しています。実はですね、昨日ヒカリちゃん、無断欠勤をしまして……。心配になって連絡してるんですが、何度連絡してもつながらないんです。電源が入ってないんです」

「ヒカリが無断欠勤! 電源が入ってない!」

のぞみはまさかと思いぞっとした。

「すみません、かけ直します」と伝えると電話を切った。すぐにスマホを操作しネットで検索をかけた。『河中ヒカリ 自殺』とタップすると、たくさんの情報が画面に広がった。だがどれも現場の写真と文面ばかりで、肝心の顔が出ていなかった。この事故を担当している警察署はすぐに見当がついた。急いでタクシーに乗り警察署へ向かった。

署に入るとすぐ受付へ行き、ヒカリとの関係を詳細に説明した。許可が出るのにそう時間はかからなかった。

どうか、どうか他人であってください。同姓同名なだけで全くの別人であってくださいと、いるはずのない神様に願った。のぞみは署員に連れられ安置室へと入った。コンクリートの打ちっ放しで殺風景な空間の中に一人の女性が横たわっていた。

「こちらです」

署員が顔にかけられた白い布をめくった。そこには血の気の失せたヒカリが横たわっていた。信じられるわけがなかった。認められるはずがなかった。三時間もすれば私は目が覚めて、これが悪い夢だったと気付くはず。

のぞみは確認を終え、警察署を出て、シェアハウスへ帰った。出勤には充分間に合う時間だった。だが仕事などできる状態じゃなかった。何も手につかなかった。テレビも消えて、電気もついていないシェアハウスで、やっぱり現実を受け入れられず、のぞみはただただ黙々といつもの缶チューハイに口を付けていたが気が紛れず、ヒカリがいつも飲んでいたアルコール度数の高いチューハイを開けた。いつまで待っても目が覚める事のない夢が現実なのだと実感が込み上げてきた時には、ただただ涙が流れて泣き続けていた。気が付いた時には日付が変わっていた。

翌日職場に電話をかけ、事情を説明し休みを申し出たところ、店長は快く受け入れてくれた。

だがなぜヒカリが自殺しなければならなかったのか、どうしても分からなかった。彼氏ができてあんなに喜んでいて幸せそうだったのに……。

いくら考えても理由が分からなかった。だが、どうしても納得がいかなかった。のぞみはスマホを操作し、石野興信所という所に電話をかけるとすぐにアポをとった。

待ち合わせの約束をした喫茶店へ入ると、紺のブレザーを着た村田と名乗る男と落ち合った。「ヒカリが自殺した理由を知りたくて、澁谷かずきという人を探し、調べてほしい」と依頼した。なぜヒカリが自殺するほど追い詰められていたのか、澁谷なら知っていると思ったからだ。そんな事を調べたところで、今さら何の意味もないかもしれない。だが真実を知らなければ、どうしても気持ちの整理をつける事ができなかった。

村田と話がついて、代金は後ほど振り込むという形で契約をした。

早速村田は調査に取りかかった。まず乗っている車から住所を割り出し、尾行を開始した。

尾行三日目の事だった。澁谷が六本木にあるラウンジバーへ入る時に一緒にいたのは高宮だった。村田は高宮の事は以前から知っていた。村田は追跡に気付かれぬように、澁谷と高宮の入っていったラウンジバーへと入り、近くの席に座った。一時間もすると澁谷と高宮は席を立ち、店の前に現れた高級車に乗ると、銀座方面へ消えていった。

翌日、村田はのぞみを喫茶店へ呼び出した。それは高宮と澁谷の会話を録音したボイスレコーダーを聞かせるためだった。のぞみがイヤホンを耳にはめると音声が流れ始めた。

「ところで、予定通りヒカリはお前に惚れたのか？」

「惚れたも何もベタ惚れですよ。あいつセックスの時なんか涙流しながら抱きついてきて、気味悪かったっすよ。しかも自分のこの腕の傷は親からの虐待だって作り話に、涙まで流しやがって、おめでたい奴ですよ。ハハハ」

「そうかー、そら笑えるな。にしてもお前どうやって、あの女を引っ張り込んだんだよ」

「簡単っすよ。ヒデさんの言う通り、ヒカリはかなりの犬好きみたいで、子犬をダシに使ったら、すぐでしたよ、ハハハ。ラブラドールの子犬なんすけど、っても俺の犬じゃなくて借りてきただけなんですがね」

「そうか、情報が役に立ったんだな。だけどお前も大した奴だよ。女を惚れさせる事だけだがよ」

「あー何かヒドくないっすかーその言い方ー。せっかくヒデさんのために一肌脱いだのにー」

「何言ってんだ、おめーは。金のためだろーが」

「まぁそれも少しありますけど……あっ、そう言えばヒカリ飛び降り自殺したの知ってますか？　ニュースでやってましたよ」

「おいっ、マジかよ。ただ傷付けてやろうと思っただけなのにまさか自殺するなんてな。まぁ自業自得だよ、俺が大事にしてたしずを連れ回して、男遊びなんかしやがって。お陰でしずがどこか行っちまうしよ」

「アハハハハハ、女に逃げられたんすもんねー」

「あーテメー今すぐ殺してやろうか、マジで」

「い、いや、冗談で言ったんすよ。ま、まぁそれでヒデさんの言う通り、頃合いを見てポイ捨てしときましたんで。もちろん自殺の事は自分には関係ないって事で」

「おーまぁ、よくやったよ。金は店出たら迎えに来る車の中にあっから、この後渡してやる。まぁ今日は銀座でも行って飲み明かそうぜ」

「ハイ」

そこで音声は途切れた。のぞみはイヤホンを外した。周囲の音声全てがのぞみの鼓膜からフェードアウトしていく。ボイスレコーダーから流れてきた音声は、あまりにも残酷なものだった。村田は未だ何か話しているが、全く耳に届く事はなかった。

のぞみは帰宅し、暗い部屋の中にこもっていた。

夜の公園で不良少女に絡まれている自分を助けてくれて、家に招いてくれたヒカリ。ゲームをやっていたら本物に乗ろうと、いきなり自分を連れ出しバイクの後ろに乗せてくれたヒカリ。職を失い自分をテキ屋の手伝いに連れて行ってくれたヒカリ。覚せい剤を一緒に止めたいとお願いしたら、必死にその約束を守ろうと頑張ってくれたヒカリ。

スマホのフォルダーをタップし一つ一つ画像を開いた。おいしそうにサザエを食べるヒカリがそこにいた。カラオケでマイクを握る笑顔のヒカリがそこにいた。コロに優しくキスをするヒカリがそこにいた。色々なヒカリを見ているうちに、スマホの画面に涙が落ちてはじけた。

第６章　ヒカリの向こうへ

ヒカリ、あなたは高宮って奴から恨みを買っていてハメられていただけだったんだよ。澁谷って奴は最初から高宮に頼まれて近づいてきただけ。あなたに好意があったわけじゃないし、あなたもそれに気付けば、こんな事にはならなかったよね？　騙されていると知っていれば、本気になる事もなかったよね？

全てシナリオ通りだったんだよ。悔しいよね、あんな奴らに騙されて。でも安心して。私があなたの仇を討つから！　どんな事してでも必ず討つから！

のぞみは、見送りに吠え立てるコロを無視してシェアハウスの玄関から外へ出た。辺りから聞こえてくる談笑、はしゃぎ回る子ども達の声が鼓膜を不快に刺激した。雲一つない晴天、いつもと何ら変わらない景色が忌々しかった。

のぞみは待ち合わせをしたカラオケ店へ向かっていた。村田から高宮と澁谷の情報を入手するためだった。西船橋駅から総武線の各駅停車の下りに乗り、隣の船橋駅に到着すると、南口駅前にあるカラオケ店へ入店した。

のぞみは受付を済ませると店員から伝票を受け取り、二〇八号室へ入室した。電話で部屋番号を伝えると間もなく村田が来た。

「お忙しいところすみません」

「いいえ、お構いなく」

村田は本題へ入るためバッグから報告書と写真を取り出した。

「これが澁谷の写真です。横に写っているのはこの間ボイスレコーダーを聞かせた時に澁谷と話していた高宮という男です」

「そうなんですか。高宮と澁谷の情報をどんな些細な事でも構いませんから教えてもらえますか？」

「まぁ、それが仕事ですから構いませんが、くれぐれも情報を悪用するのはやめてくださいね」

「悪用とは？」

「つまり居場所を突き止めて、相手に危害を加える。例えば殺すとか」

村田はのぞみの心を読み取ろうとするかのようにじっと見つめた。少しの間沈黙があった。

「間違いだったら申し訳ないが、今のアナタからはそういうにおいがする」

「仮にそうだったら何か問題でも？」

「アナタが殺そうとしている場合、私らがターゲットの情報を流し、結果、殺人事件が起きたとすると私らも情報提供したとして検挙される」

「それは私が警察に、そちらから情報を提供された事を黙っていれば問題ないはず」

「確かにそうかもしれません。ですが問題はそれだけじゃない。アナタが仮に高宮達をマトにかけて物騒な事を考えているなら、それがどれだけ危険な事か分かっていますか？」

「高宮は半グレ集団内でも群を抜いて危険な男なんですよね。詐欺、薬物、強盗、何でもありの極悪非道と聞いています」

「確かにそれもありますが、高宮がグループ内でも特に危険視されている理由は、他にあるのです。五年前、千葉の女子高生が刺し殺され、現場が焼き払われた事件は知っていますよね？」

「ええ、ワイドショーなどでも大きく取り上げられていたので覚えています」

「その事件は未だ犯人が捕まらず迷宮入りしていますが、その件の主犯格とされているのが高宮です」

　村田はのぞみの表情を見ているが、今のところ変化はない。

「高宮は殺した相手の死体を上手に処理して証拠を残さないようにしています。警察は高宮が犯人だと捜査しているものの、決定的な証拠がなく、今のところ何の進展もないのが現状のようです。つまり完全犯罪」

「そうですか。仮にそうだったとしても、私に関係のある話ではありません」

「それならいいのですが」

「それに安心してください。私は高宮を殺そうとしてはいませんし、村田さんに迷惑もかけませんから」

「分かりました。心情を察し、これ以上お聞き致しません。ですが念のため、誓約書にサインをお願いします」

「サイン？」

村田からサインを求められた誓約書を見ると、こう書かれていた。

『高宮と澁谷の情報を求めるのは危害を加えるためではありません。仮に争うなら法律に則る事を確約します』

のぞみは素早く目を通すとサインした。

「それではこちらで調べた最近の行動パターンについて、詳しくお話しします」

のぞみは心で詫びた。計画通り復讐が果たせなければ、最終手段をとるしかないと考えていたからだった。

村田の話によると、高宮と澁谷は常に行動を共にしている間柄ではないとの事だった。

澁谷は経営コンサルティングの会社を運営する傍ら、女性を口説き風俗やＡＶへ出演させるなどのスカウト業務に費やす時間が多いとの事だったが、高宮の場合は食事会と称して、新宿の高級中華料理屋で、週一回、藤川連合の集まりに参加していた。高宮と澁谷が会っている時は、二人で覚せい剤の売買でもしているのか、高級車とすれ違うたびに何かを受け渡して、夕方5時頃になると新宿の複数軒のクラブをはしごし、いずれもＶＩＰルームで過ごし朝帰りの生活を送っているようだった。

のぞみは二人一緒じゃダメだと思い、まずは高宮からと考えた。

「高宮が一人になる時はないいんですか？　例えばバーみたいな所で」

「特定の日は決まっていないですが、時々寄るバーはあります。六本木にあるラウンジバーです」

「ラウンジバーですか。入店した時間などは分かりますか？」

「はい、記録しています」

ちょうどいいわ！　そこで決着をつけてやるとのぞみは心に決めた。

高宮と澁谷の事を聞いたのぞみは村田に礼を言い、別々にカラオケ店を出た。

のぞみはすぐさま、村田から聞いたラウンジバーに一番近いビジネスホテルを検索したが、満室のため予約が取れなかった。仕方なく近くのネカフェ（ネットカフェ）を探すと完全個室でコインランドリーやコインシャワーも利用でき、しばらく滞在できる店があったので、すぐに予約した。そして向かう途中で着替えと黒いサングラス、伊達メガネに女性用マスクを購入し、予約したネカフェに入店した。

　のぞみはすぐに化粧道具を広げ念入りに化粧をした。鏡に映る自分に一瞬息をのんだ。ヒカリに教わったためか化粧の技術が格段にアップしていた。化粧が終わるとフロントへ発信し、外出の許可を取った。伊達メガネをかけたのぞみはバッグを持ち、店を出てからスマホをタップし、ヒカリが勤めていた職場の店主・平野へ発信した。

「もしもしのぞみちゃん、色々ワシの耳にも入っておる！　ヒカリちゃ……」

　のぞみは待ちきれずに用件を切り出した。

「平野さん、お願いがあります」

「お、お願い？　どうしたんじゃ！」

「コロをしばらく預かってください」

「コ、コロを？　それは構わんが、何か思い詰めているならワシにも話し……」

「すみません、今は事情を話していられるような余裕もないです。どうか何も聞かず引き受けてください」

「わ、分かったが」

「鍵は玄関マットの下にあります。すみません」

　のぞみは一方的に話し電話を切ると、ラウンジバーの前に着いた。

ドアを開け、薄暗い店内へ入った。マスターと思われるバーテンダーが笑顔で迎えてくれたが、今はこの笑顔も不快にしか感じなかった。

「お待ち合わせですか？」

「いえ一人です」

のぞみは無表情で答えると、案内された席に座った。

「お飲み物はお決まりですか？」

「ジンライム」

「かしこまりました」

バーテンダーはジンライムを作ると、のぞみのいるテーブルへ置いた。のぞみはジンライムに口を付け半分ほど飲んだ。

「おーおねーさーん、いい飲みっぷりですねー」

もう一人のバーテンダーが茶化してきた。のぞみが睨みつけると、バーテンダーは驚いたのかすぐに顔を引っ込めた。周りを見渡す限り高宮は来ていなかった。ここでずっと待っているわけにもいかないと思い、ジンライムを飲み干すと料金を支払い、ラウンジバーを出た。そして伊達メガネを外すと、黒いサングラスにかけ替えた。

向かいにラウンジバーがよく見えそうな喫茶店があった。のぞみは店へ入ると、ラウンジバーの入口が見える席へと座った。コーヒーとケーキを頼むと持ってきた小説を読みながら、高宮が来るのを見逃さないように注視していた。

三時間ほどが経ち午前0時を回る頃、閉店時間のためのぞみは店を出た。今日は不発に終わったが仕方ないと思った。そもそも一日目から上手くいくとも思っていないし、そのためにネカフェを連泊で予約しているのだ。村田の話だと高宮がラウンジバーへと出入りする時間帯は、午後6時から午後11時頃までと幅広く、そんなに訪れる回数も多いわけではないようだ。根気が必要で、いつまでも張り込む覚悟で来ているのだから、このくらい何ともなかった。

のぞみはネカフェへ戻った。時刻は午前0時40分。全く睡魔も襲ってこないし、むしろ冴えている。仕切り直しにと、コンビニで買ってきたチューハイとサバの缶詰を胃に流し込んだが、酔いは回るものの一向に眠気は訪れなかった。

眠れなかったので、高宮の情報を少しでも調べようとパソコンの電源を入れ起動させると、『高宮ヒデ』と打ち込み検索をかけた。すると、数多くの高宮への誹謗中傷や武勇伝などが投稿されているサイトを見つけた。中には性癖が暴露されている書き込みもあった。

名無しさん
高宮ドS総長初代会長です。

Ｒｅ：名無しさん
高宮に薬打たれてから動けなくなってるところ襲ってこられて超恐かったと言ってる子いたよ。

Ｒｅ：名無しさん
それって犯罪じゃん。何で訴えないの。

Ｒｅ：名無しさん
高宮タイーホ！

Ｒｅ：名無しさん
それ超楽しそ。高宮さんに弟子入りして俺もドSのいろはを教えてもらお（笑）

サイトを見漁って気が付けば、朝の5時になっていた。酔いはとっくに醒めていたが、未だ眠気は訪れない。しかし夕方まで時間があるので目を閉じた。やはり眠気は訪れなかった。ラウンジバーは午後5時からなので、あと十二時間もある。この時間がもどかしかった。地獄だった。

のぞみはパソコンで『覚せい剤』と検索した。すると覚せい剤事件で逮捕された芸能人の名前がたくさん出てきた。だが、のぞみが見たかったのはこれではない。以前ヒカリから聞いたワードをひたすら検索した。その時だった。クラブSという屋号の下に『0・5一万五千円　船橋駅付近』と書かれていた。

スマホをタップし載せられた番号へ発信すると、2コール目で相手は出た。警戒気味の男だったが、相手が女性だと分かると、警戒心が解けたのか量と待ち合わせ場所の説明を始めた。互いに近い距離にいたため、すぐに会う事ができた。取引を終えたのぞみはネカフェへと戻った。

覚せい剤を詰めた注射器に水を吸い上げると、針を突き立てた。途端に神経が研ぎ澄まされ、凄まじい快感が脳天を突き抜けた。のぞみは部屋の壁に寄りかかり、快楽に身をゆだねた。だがのぞみは快楽を得るために使用したのではないと思い直し、我に返ると、すぐさまマウスを握りしめ、さらなる高宮の情報検索に没頭した。

気が付けば時間は午後4時10分前を示していた。のぞみは、覚せい剤を正直それほどいいとは思わないが今は助けられていると感じた。自分の行おうとしている事は本来なら、普通の神経ではできない事。時間も労力もプレッシャーも並みじゃないし、何よりこのささくれ立った精神を覚せい剤はリラックスさせてくれた。のぞみは念入りに化粧をし、午後4時50分になるとまたも黒いサングラスをかけ、外へ出た。

　前日と同じ喫茶店でコーヒーを飲みながら小説を開く事三時間、午後8時頃だった。高宮とキャバ嬢風の女が、パールホワイトの高級車から降りてきて、ラウンジバーへと入っていくのが見えたので、その日は諦める事にした。

　それから三日目も現れず、四日目が経過した午後6時の事だった。その日現れた高宮は明らかに一人だった。どこかいつもよりくたびれた感じで、ラウンジバーへと入っていくのを見て、のぞみもラウンジバーへ向かい、入店した。

　高宮は案の定一人で座っていた。だが時間差で誰かが訪れるかもしれない。そうするとチャンスを失うかもしれないので、のぞみは素早く高宮の近くに座った。ジンライムを頼み、一人感傷に浸る女性を意識して演じた。心で念じた。

（こい、高宮から声をかけてこい）

　だが高宮から声をかけてくる様子は感じられなかった。

　なら仕方ない。少し強引だがこちらから誘い込むしかないと思い次の手に移った。

　のぞみは高宮の飲んでいるカクテルと同じものをバーテンダーに注文すると、それを高宮に渡すよう頼んだ。そしてカクテルが渡されるタイミングを見計らい、隣の席へと移動した。高宮は一瞬驚いたような顔をしたが、すぐにのぞみの方に顔を向けると笑顔で言った。

「ありがとう。でもどうして」

「あなたをいくらで売ってくれますか?」

「はっ?」

「いくら払えば、私を抱いてくれますか? すごく好みなんです」

のぞみはすがるように高宮へ顔を向けた。

「お姉さん、名前は?」

「私は、沙希って言います」

のぞみは念のため、偽名を使った。ヒカリの友人関係まで調べられ、自分の名前が知られていたら計画が台無しになるからだ。

「沙希ちゃんか」

「はい、あなたの事は何て呼べばいいですか?」

「高宮でいいよ」

今のところ、高宮が警戒している様子は見受けられない。

「高宮さん、ダメですか?」

「いや、ダメって事はないよ。ただ沙希ちゃんくらいキレイなら男に困らないんじゃないかと思って」

まずい、警戒されているのか。

「男性に困っているわけではなく、タイプの人がいないんです」

「俺の事は知っているのか?」

「いえ、高宮さんの事は以前この店で見かけて、すごく好みだったんで、高宮さんが一人の時に思いきって声をかけてみようかと思ってたんです」

「そういう事か。なら俺の事を知っているわけではないんだね?」

「すみません」

のぞみは申し訳なさそうなフリをして下を向いた。

「謝る事はないよ。話は分かったが、どうすればいい?」

のぞみは心でガッツポーズをした。その時、高宮のポケットの中からメロディーが流れた。高宮はポケットからスマホを取り出し、出ると「今日は大丈夫だ。必要があれば電話する」と伝え電話を切った。

「すみません、ご迷惑でしたか?」

「いやいや、そんな事ないよ。俺はどうすればいい?」

「近くのホテルに入れたらと思っています」

「分かった、今すぐにか?」

「はい。私としては、コンビニでお酒などを買って、ホテルでお話もしたいです」

「分かった」

高宮はのぞみの分も一緒に会計をした。

「あのー高宮さん、申し訳ありません」

「いいえ」

ラウンジバーを出ると、隣のコンビニで二人で缶チューハイや菓子などを買うと、目の前を通るタクシーに乗り、ホテルがある通りへ向かった。どこも満室だった。仕方なく、別の通りへ入ると、空室のあるホテルがあったので、タクシーを降りてホテルに入室した。

高宮は着ているジャケットをハンガーにかけ、買ってきたチューハイのプルタブを開けた。

のぞみもプルタブを開け、乾杯をした。

「それにしてもビックリだよ。まさか沙希ちゃんみたいな子からいきなり」

のぞみは高宮の話を遮り、すがるような表情で訴えた。

「あの高宮さん、お願いがあります」

「何かな？」

「私ドMなので、無理やり犯されるプレイがすごく好きなんです」

「ドM？　無理やり犯されるプレイ？　マジ！」

「ハイ、この腕を見てください」

のぞみは自分の袖をめくり、覚せい剤を使ったばかりの腕を見せた。

「それは？」

「覚せい剤の痕です。私覚せい剤を無理やり打たれてレイプされるのが一番興奮するんです」

「マジかよ！」

　高宮はどんどん高揚していった。

「高宮さん、私を本当に楽しませてくれたら、お金はいくらでも払います。だから私をメチャクチャにして、たくさん感じさせてください」

「俺そういうの大好きなんだよ！　それに覚せい剤も注射器も持ってるぜ。なんなら使ってやってやろうか！」

　のぞみは心の中でニヤリと笑った。高宮が落ちたと確信した。

「ハイ、お願いします。私嫌がってるふりもするんで、全て無視してたくさん言葉責めしてください」

「本当にいいんだな」

「ハイ。着替えもバッグに入っているんで破って構わないです」

　のぞみはベッドへ移動した。

（お願い、早く来て）

　のぞみはベッドへ横になり、枕の下にそっと手を入れた。高宮は興奮が最高潮に達していた。

「もう我慢できねぇよー」

高宮は素早く注射器に覚せい剤を詰めると水に溶かした。まだ全てが溶けきるのを確認する前に襲いかかってきた。

「オラ、淫乱女腕出せよ」

「嫌っ、何するの？」

「いいから、黙って言う事聞けよ」

高宮は注射器の針をのぞみの腕に突き刺そうとした。

「いや、何それ、恐い、お願い恐い、やめて、薬打たないで」

「すぐ気持ち良くなるから、言う通りにしろよ」

「キャー」

高宮はのぞみの腕から血管を見つけ、素早く注射した。途端にのぞみの脳内に凄まじい快楽が広がった。

「どうだ、気持ちいいだろ、今からもっと感じさせてやるからな」

高宮は、のぞみが着ているセーターを強引に脱がそうとした。

「キャーやめて、脱がさないで」

「オラ動くなよ、淫乱女が。もうお前のアソコはビチョビチョだろ？　今確認してやるからおとなしくしてろ！」

高宮はさらに手の力を強め、強引にのぞみの服を脱がしていく。下着姿になったのぞみのストッキングを高宮は一気に引き裂いた。

「沙希、初対面の男の前で、お前はこれからメチャクチャに犯されるんだぞ。足腰立たなくなるまでガタガタにしてやるからな。淫乱女、オラ返事してみろよ。本当はされたいです、高宮さんお願いですって言ってみろよ」

「恐い！　やめてください。本当にお願いだからやめて」

「そんな事言っときながらも、ここはビチョビチョなんだろー、あー淫乱女」

高宮は語気を荒らげて言った。のぞみのブラとショーツを一気にはぎ取り、胸とアソコを乱暴に愛撫した。

「オラ、やっぱりこんなにグチョグチョじゃねーかよ。オラオラー」

高宮はのぞみのアソコに挿入した指の動きをよりいっそう速めた。辺りにはいやらしい音が響き渡る。

「キャー、イヤー」

「やベーよ、沙希、俺もう限界だよ」

高宮は自分のロンTとジーンズを素早く脱ぐと、正常位でのぞみの足を抱え、いきり立ったイチモツを掴み、のぞみの中へ挿入した。

我慢するのが限界だった。

高宮を突き飛ばしたのぞみは、枕の下にあるスマホを手で掴むと、ドアの前へ立った。

高宮は何が何だか分からないような顔でのぞみを見つめている。のぞみはスマホをタップした。音声が流れた。それは先ほどまで行っていたプレイの生々しい内容だった。

高宮の表情に猜疑《さいぎ》の色が表れる。

「テメーどういうつもりだ」

「ヒカリ、河中ヒカリ」

「ヒカリ？　ヒカリってあの女か。それがどうした」

「忘れたとは言わせないわ！　アンタが澁谷に頼んだ事も澁谷のした事も」

「おいおい、いったい俺達が何したって言うんだ」

「あんた達がヒカリに何したか、全部知ってるんだからね！」

のぞみは興信所を使って高宮と澁谷の会話を録音した内容を伝えた。

「ふん、仮にそうだったとしたら、何だってんだよ。別に俺らが殺したわけじゃないだろ」

「そうよ、つまりあなた達が法の裁きを受ける事はない」

「もちろんだ」

「だからこうするの」

のぞみはスマホをタップしどこかへ発信した。

「薬を打たれてレイプされています。六本木のラブホテルです。早く来て助けてください」

のぞみはスマホをタップし通話を終了した。高宮の表情がどんどん青ざめていく。通報があったスマホの位置情報を割り出し、すぐに警察と救急隊が駆け付けて来る事は予測できた。

高宮は怒鳴りながらかなり動揺しているのか、服を着るとハンガーにかかったままのジャケットを着る事もなく、バッグだけを掴み取ると、ものすごい勢いで外へ飛び出した。

「テメー俺をハメやがったな！」

その後、間もなく現れた警察と救急隊にのぞみは保護された。

そして事情聴取の際にスマホのボイスレコーダーが決め手となり、強制性交等（強姦）事件として被害届が受理された。またのぞみの尿からも覚せい剤の反応が出たものの、高宮からレイプされる際に無理やり打たれたという供述と、ボイスレコーダーに残っている音声からのぞみの言い分が通る事となった。高宮は強制性交等罪よりも重い強制性交等致傷罪（強姦致傷罪）と覚せい剤取締法違反などの容疑で逮捕された。またこの事件は、藤川連合内の権力者である高宮が起こしたとあってかニュースで大きく報じられた。

のぞみは浅草で刃渡り三十センチの刺身包丁を買った。澁谷に高宮と同じ手は通用しない。ならば、村田には悪いが最終手段を使うしかないと思った。のぞみはここまでドス黒い感情が潜んでいた事に自分自身でも驚いた。

のぞみは平野に高宮と澁谷の描いたシナリオがヒカリを自殺に追い込んだ原因である事を話した。

久しぶりにコロと会った。コロは再会を喜んでいるかのように愛くるしい目をのぞみに向け、ちぎれんばかりに尻尾を振っている。だがのぞみの心は全く晴れる事はなかった。まだ決着はついていないのだから。

「すみません、シンちゃん本当に申し訳ないのですが、コロを引き取ってくれませんか?」

「コロを引き取ってほしいと?」

「ハイ、難しいですか?」

「いや、こんな可愛い子を引き取るのは構わんし、むしろ欲しいくらいじゃ」

「それなら」

「ただ、それでこの子はいいのかの?」

「コロがですか?」

「そうじゃ。コロは言葉は喋れんが犬にだって感情がある。それに人が思っているより飼い主の事ばかり考えているものじゃ」

のぞみはコロと過ごした日々を思い出していた。ダンボールに捨てられているところを見つけたヒカリと一緒に連れて帰った事。ヒカリとのぞみが出かけようとするたびに、また置いていかれるという恐怖が甦るのだろうか、異様に吠えていた事。シンちゃんは真剣な顔でのぞみに言った。

「もし、物騒な事を考えておるなら、考え直す事じゃ。あなたにもしもの事があったら、コロはまた捨て犬になってしまう。ヒカリちゃんを大事な友達だと思っていたのなら、コロと一緒に生活していく事が、ヒカリちゃんが一番喜ぶ事ではないか」

その言葉を聞いた瞬間、のぞみの心を覆っていた黒い塊が一気に取り払われたような気がした。そうだ、確かに私が澁谷を刺して捕まったら、コロを別の家に引き渡しても、コロからしたら、たらい回しにされた事でまたさみしい思いをしてしまう。コロをあんなに可愛がっていたヒカリが一番喜ぶのは、私が今まで以上にコロに愛情を注いであげる事なんだと、そう強く感じた。


それから三カ月の月日が流れた。

のぞみはいつものようにコロと散歩に出かけると公園のベンチに腰かけた。

「ママー見て、ワンちゃんカワイイよ」

幼い女の子がコロの前で立ち止まった。

「あら本当だ、可愛いわね」

「コロー良かったねー、可愛いってよ。もし良かったら頭を撫でてあげて」

「えーいいのー、やったー」

女の子は喜びの声をあげた。

あれから高宮はのぞみとの事を弁解したものの、のぞみの体内から高宮のＤＮＡが検出され、ボイスレコーダーが証拠として事実認定され、懲役十年が言い渡された。澁谷は別の女性関係によるトラブルから室内で寝ているところを刺されて重傷で病院へ搬送され、未だ完治せず入院生活を送っていた。

のぞみは立ち上がり、大きな滑り台の横を通り、コロを連れて公園を出た。初夏の訪れを感じる風が肌に心地よかった。

『ヒカリへ
今までありがとうね。ヒカリはいなくなっちゃったけど、ちゃんと心に残ってるよ。決して長い時間じゃなかったけれど、そんな事関係ないよ。問題は時間の長さじゃなくて中身だからね。
不幸のどん底で苦しんでいた私をアナタは助けてくれた。そのお陰で立ち直る事ができたんだよ。今はコロと幸せにシェアハウスで暮らしています。天国から見てくれてるかな？　私達の事を見守っていてくれたら嬉しいです。

のぞみ』

直筆で書いた便箋に持っていたライターで火を点けた。煙は天高く舞い上がっていった。

ヒカリ、あなたに出逢えて本当に良かった。

この物語はフィクションです。
登場する人物・団体・名称等は架空であり、実在のものとは一切関係ありません。

【プロフィール】

著　Mitu

1981年、東京都に生まれる。執筆未経験。

編　溝口 いくえ（みぞぐち いくえ）

1981年、東京都に生まれる。自営業。
Twitterで日々発信中。
https://twitter.com/sawamuranozomi

著書
『まーちゃんが行く！ ～子どもとペットのフォトエッセイ～』（2012年、文芸社）
『星の意味』（2013年、文芸社）
『みよみよのハチャメチャアイドル物語』（2014年、文芸社）
『甘い伽　彼とパパのW調教』（2014年、幻冬舎ルネッサンス）
『甘い鎖』（2016年、幻冬舎メディアコンサルティング）
『甘い伽　彼とパパのW調教（文庫版）』（2019年、幻冬舎メディアコンサルティング）
『エムアイグループの軌跡　最後に残すはお金より仕事より人なり』（2020年、幻冬舎メディアコンサルティング）

白い境界線

2021年12月15日　初版第１刷発行

Mitu 著／溝口 いくえ 編
発行者　瓜谷 綱延
発行所　株式会社文芸社
〒160-0022　東京都新宿区新宿１－10－１
電話　03-5369-3060（代表）
03-5369-2299（販売）

印刷所　株式会社フクイン

ISBN978-4-286-22187-8